年度暢銷作者

藤井樹

Hiyawu@著

從那天開始，我會偷偷地拿出幾根菸，在深夜裡，躲在自己房間的窗戶邊，用打火機輕輕地點燃。
雖然那時我還不會抽菸，但我想要那種感覺。那種白煙飄裊、月光流瀉的空氣中，攪拌著我嘴裡吐出的煙，還有濃濃的寂寞的味道
而當年的月光與星光，伴著我稀釋了多少寂寞，我已經數不清了。

寂寞之歌

Lonely

序

寂寞之歌，唱出我的寂寞

在動手寫《寂寞之歌》時，我就有預感，這將不會是「藤井樹」的作品。而是「吳子雲」的。

不過，請不要誤會，我並不是故意要把這兩者加以切割，畫出一條楚河漢界，以代表這兩個名字分屬於不同人。因為那都是我自己。

我在心裡將它定義為「吳子雲」的作品，是因為它寫了很多「吳子雲」，而「藤井樹」是一個大家更熟悉的名字。

寫《寂寞之歌》的過程中，我一直被兩種強烈的情緒包圍著。一種是「惶恐」，一種是「喜悅」。

惶恐的是我從不曾寫過這麼多的自己。我曾在之前的某些訪問及作品中透露，一個創作者要在書裡公開自己的某些祕密，需要很大的勇氣。因為我並不具備那樣的膽量，所以「自己」一直鮮少出現在作品裡。雖然偶爾會在作品的某個部分「客串」演出，但那也只是極少的戲分，對我來說，那樣的戲分是安全的。

然而，《寂寞之歌》裡面的「自己」，已經變成了主角。在創作的過程中，我花了很多時間在說服自己把「那些祕密」寫下去這件事情上，甚至一度想再換個名字來代替《寂寞之歌》裡的吳子雲，但我似乎有了某種程度的覺悟，不管怎麼換名字，那個吳子雲已經再也藏不住了。

所以，我的惶恐很多，我擔心會被眼尖的、心細的讀者看穿我的內心，那是一塊人跡罕至的領土，過去不曾開放觀光，只屬於我自己。

但在惶恐一吋吋侵蝕我的當下，我心裡卻感覺到滿滿的喜悅。這會不會是一種變態呢？我為著自己終於可以拿出過去沒有的勇氣來寫《寂寞之歌》而感到興奮，像是把自己從心裡搬到另一個國家一樣，那種新鮮感十分地活躍，甚至我感覺台北早晨的那第一道陽光，有著普羅旺斯的溫暖。

隨著從事創作工作的年資漸老，發覺自己筆下的每一個觸動開始有了時光的皺紋，偶爾我會讀著自己剛從鍵盤打出來的那一排文字，卻感到奇怪地問自己：「這　哪個傢伙寫的啊？」這樣的變化讓我不知道該如何是好，畢竟，這難以被我過去習慣的筆跡所認同，更難以讓習慣過去的我的讀者認同。

「藤井樹變了。」這是這一兩年來，大家給我最多的評語。我聽在耳裡，感觸很深。我不禁思索，我的變化，是不是與過去的我形成了一股不搭調的洪流呢？

但是，長大這件事情是我們無法控制的，因為我們被時間恐嚇著必須前進，沒有人能愈活愈回去，除非你選擇了墮落再墮落。

而我並不是墮落的，於是時間很公平地帶著我跟其他人一起前進。而我的變化，或許也是時問惹的禍吧。

在決定把《寂寞之歌》付梓的當下，我坐在自己的車上，車流停滯在建國北路的某個路口處，音響裡是我習慣的電影配樂，雙手握在我習慣的方向盤，而我心裡卻在思考著我不習慣的迴路。

「會不會，有人無法接受呢？」出了不少書的我，竟然會在創作工作邁入第七年的時候，問自己這麼一個難以得到解答的問題。過去從不曾為了作品能不能被接受所困擾，而今這個問題卻讓我皺眉思索，浪費了大約五個紅綠燈的時間。

難道，這樣的工作，也有七年之癢嗎？又如果我真的發癢，那麼我的出軌對象是什麼呢？但我很虔誠地摸著自己的良心，對自己說，我怎麼出軌呢？創作之路已經是我的最愛了。

我的皺眉思索並沒有導出任何答案，我看了看後視鏡，剛剛那些細瑣又繁雜的思緒也沒有給我帶來幾根白頭髮，還好，我心裡依然有個一定庫存量的青春的。

好吧。我決定放過自己了。

既然我無法逃過時間的帶領，那麼，逐漸老去也只能是唯一的選擇。若我的變化代表著一種老化現象，那大家陪我一起老吧。

只是，不需要擔心你外在的變化，那長不了皺紋，也添不了白髮的。

那只會在你心裡，留下更深刻的痕跡罷了。

吳子雲　二〇〇六年八月二十八日於高雄橙色九月咖啡館

訪問之初

攝影記者魏先生揹著腳架和黑色的打光傘，
像顆衛星似地，在我的四周繞來繞去地走著。
下午三點，高雄的陽光充沛，
魏先生邊架設腳架邊對我說，這種攝光非常理想，
照片拍起來的效果會非常好。
我問：「那我該站哪裡呢？」

他說：「隨意站，想看哪裡就看哪裡，我會自己抓拍。」

我說：「我不是職業的模特兒，我只會呆立著。」

他回說：「沒關係，我就是希望你不是職業模特兒。」

喀嚓喀嚓的快門聲一直灌進我的耳朵，

我感覺臉上有著不自然的笑容，

我企圖在四周的樹梢間找尋焦點來轉移注意力，

即使是一隻麻雀也好。

這時，文字記者王小姐問了一句：

「為什麼你要寫《寂寞之歌》呢？」

我知道她是要幫助我在鏡頭前面更自然一些。

我說：「如果妳是在我寫之前問我，那麼我會回答妳，寫它是為了更上一層樓的創作。」

然後我點了一根菸，吸了一口之後，看著煙在空氣中散開。

「但現在，我會說，會寫《寂寞之歌》，是因為心裡面那……更上一層樓的寂寞。」

01

王小姐繼續追問：「什麼是『更上一層樓的寂寞』？」

我看了她一眼，只是笑了一笑。

《寂寞之歌》是一部大約十萬字的小說。我在一九九九年開始動筆寫《寂寞之歌》，大概花了五年又四個月的時間完成。以一部僅僅十萬字的小說來看，五年又四個月其實是一段太長的時間。對，確實是太長了。

當時，我只是個剛入伍的年輕人，大學剛畢業的青澀與天眞，因軍旅生涯的粗暴蠻橫，快速且莫名其妙地磨耗殆盡。

我用「青春死在唱歌答數的回聲中」來哀悼我曾經擁有過的單純。

在整部小說的前五分之一，大部分的篇幅都用在描述我的青春。我今年三十歲，我用了約兩萬字的長度寫完我從零歲到十五歲的生命。當然，我對長記憶之前的歲月，是不可能有印象的。所以，我的家人變成了我的時光機，他們你一言我一句地回憶、討論著我的過去。

從我開始長記憶之後，我就一直被家人告知（或說是提醒也可以），我是一個在沒有爸爸的守護下長大的孩子。嚴格說來，在我還未滿七個月的襁褓時期，也就是連學坐時期都還沒到的時候，我的爸媽就協議離婚了。

因爲家人大都在高雄的關係，他們的婚禮與婚席都選在高雄舉辦，當時爸爸在金山的核能發電廠工作，所以和媽媽結婚後，他很快就離開了高雄。

我一直在懷疑我是一張車票，也就是媽媽是先有了我，才決定跟爸爸結婚的，不過沒有人證實這一點，我也不太敢問長輩們。會懷疑爸爸是先上車後補票的原因其實很簡單，因爲長大後看過了爸爸的照片，我一直不能相信，他這種壞人臉的男人竟然能娶到我媽媽這等美女，難不成媽媽當時眼睛有嚴重的毛病？

當然，這麼說自己的父母或許是大不敬，但我並沒有不尊敬的意思，純粹是形容我媽媽的美麗，以及我爸爸的……嗯，壞人臉。其實媽媽的長相，不管是以現在的標準，或是以三十年前的標準來評論，都是「正妹」級。

同學到我家看到我媽媽，以及她年輕時的照片都會說，「伯母眞是個美人」、「伯母年輕的時候絕對是個正妹」。

有這樣的媽媽，我應該很開心。至少我是媽媽生的，我會遺傳到她的水準。

但其實沒有，小時候的鄰居常跟我說：「你跟你爸爸簡直是一個模子印出來的！」聽得我差點沒做顆炸彈把鄰居家給爆了。

我出生在一個不富裕的家庭，媽媽因爲懷了我，於是辭去工作。我出生之後三個月，她跟外婆說要帶著我搭車到金山找我爸爸，但其實媽媽身上的錢只夠搭到台南縣的北部，也就是現在的麻豆鎮。

聽媽媽說，她揹著我，拎著我的嬰兒用品（其實也只有奶瓶跟尿布，當時的尿布是手洗的），走上中山高速公路。幾個小時後，我們被高速公路警察趕下交流道，她就在中山高底下，沿著高速公路繼續前進，走到沒路了再走上交流道，然後又被交通警察趕下交流道。就這樣一直循環，直到當天晚上，向高速公路收費站旁邊的公路警察請求幫助，在公路警局的分隊裡要到一間可以睡覺的房間。

第一天，媽媽走了大概有十個小時。

第二天，公路警察把我跟媽媽送到交流道下，媽媽繼續沿著中山高底下走，見到交流道就上去，然後又被趕下交流道。再一次重複同樣的循環。這一天晚上，媽媽在高速公路警察局出名了，第二天就有賓士的警車載我們到休息站去，還有便當可以吃。

接下來，每天都有警察送便當給媽媽，但礙於規定，又必須把媽媽請下高速公路，晚上一到，媽媽就走上高速公路，然後就會有警察載我們到休息站。

這一走，媽媽總共走了五天，從麻豆一路走到基隆的高速公路起點。

我第一次聽到媽媽告訴我這段過去時，下巴一直沒有離開過地上。我不知道像她這麼一個柔弱女子，揹著一個像豬的孩子（我出生時是四千零二公克，巨嬰一枚），要從台灣南

「走」到台灣北，到底是需要多大的勇氣？

「媽，妳眞的用走的到基隆？」當時，我驚訝地問著。

「大部分都用走的，警察載的路程都不長。」媽媽操著她較流利的台語回答。「到基隆後才打公共電話給你爸爸，要他來帶我們，結果在基隆車站等他等了好幾個小時他才下班。」

後來我問媽媽爲什麼堅持到金山去找爸爸。媽媽說，因爲家裡沒錢，加工區的工作又辭掉了，外公外婆都還在工作，沒人可以替她帶我，所以她決定到金山跟我爸爸一起生活，她說她可以帶著我去應徵幫傭，幫別人洗衣拖地帶小孩。

但是，媽媽在到金山後的兩個月中，漸漸發現爸爸沒有辦法養活媽媽跟我。並不是爸爸在外面養小老婆，也不是他賺的錢不夠多。

而是賭博。

媽媽說，爸爸賭博賭到幾乎不回家，上班的時候大概都在睡覺。所有的薪水大都輸光，只留了一些給媽媽買菜和我的奶粉。賭到開始欠別人錢的時候，爸爸連班都沒去上了。

「那時候，我只能躲在菜市場的角落，偷偷和你爸爸見面，或是很晚很晚的時候，在我們住處後面那個小學後門，才能看他一眼。再過沒多久，討債的人討到家裡來，拿了一張十二萬的借據，說你爸爸一共欠了這麼多賭債，從那一刻起，我跟你爸爸的夫妻關係就失效了。」媽媽說。

那時候，我才六個多月大。

媽媽請小姨婆上金山一趟，把我帶回高雄，因爲她要留在金山把爸爸的事情處理完、辦妥離婚才能離開。

小姨婆說，從基隆往高雄的火車上，我哭了整整六個多小時，哭累了睡，睡醒了繼續哭。小姨婆不解，我本來是個不怎麼會哭鬧的嬰兒，怎麼這天會哭得這麼慘？

「你可能是感覺到爸媽要分開了，所以才一直哭吧。」這是小姨婆的解釋。雖然她的說法太神了，有點無謂的誇張，但以那時的情況來說，我的哭聲或許讓她覺得悲哀吧。

我跟爸爸這麼一分開，就是漫長的六年。再跟爸爸見面時，我已經上小學一年級了。我還記得，那天是外公到學校來帶我回家，他站在我的教室外面，跟班導師說了幾句話，然後班導師就叫我帶著書包跟外公離開。

「要去哪裡啊，阿公？」那天給我的印象是很深刻的，高雄熾熱的中午時分，在太陽照射下，腳邊晃漾著短短的影子。我抬頭看著外公，陽光太強，閃痛了我的眼睛。

「帶你去找你爸爸。」外公說。

我迷惑著問自己：我第一句話該說什麼呢？嗨，你好啊，爸爸？

02

我不知道魏先生一共拍了幾張照片，我只是不斷地聽從他的指示，更換位置，從樹下換到公園椅上，再從公園椅換到旁邊的鞦韆。他不住地提醒我不要拘泥於姿勢的擺動，只要自然輕鬆地站著或坐著都可以。

「讀者想看到的是，一個幾乎不曾露面的作家，平常輕鬆自在的一面，我不希望在雜誌裡把你又塑造成一個偶像作家，雖然你在網路上發表的作品已經掀起一陣極大的旋風，許多人已經把你視為偶像。」雖然魏先生說著話，但他手上的相機還是不停地響著快門聲。

「我不知道這部作品會造成這種效果。」我有些疑惑地說。

「你在寫《寂寞之歌》之前，有寫過任何其他的作品嗎？」文字記者王小姐站在離我大約三公尺的地方問著。魏先生提醒過，要她別太靠近我，免得不小心入鏡了。

「有，不過沒有發表，大都寫在自己的私人網頁裡。」

「私人網頁？你的意思是說，你有個人網站？」王小姐拿起紙筆和錄音筆開始記錄。

「不，那不是個人網站，只是我自己申請的一個網路空間。沒有人可以進去，除了我之外。」

「那，你會想要把那些作品拿出來發表嗎？」王小姐繼續發問。

「我想應該不會吧，我不認爲那是可以搬上檯面的東西。這麼說並不是我對那些沒有發表過的作品沒信心，而是我認爲那些東西太過於私人，我比較想要保留那個部分。」

「那麼，你在寫《寂寞之歌》時，有想過會有今天這樣的效果嗎？我的意思是，你希望自己的作品能站上舞台供人欣賞，甚至是批評嗎？」

「沒有，從來沒有想過！」我不加思索地否認，「因爲這不是可以希望的，也就是這並不是你希望怎樣，它就會怎樣的。」

我繼續說，捻掉了手上的菸。

「我舉個例子，如果你今天跟一個你愛的人結婚，並且有了下一代，就一般常理來說，簡單一點的人都不會幻想二十年後這個孩子長大會很成功，五十年後這孩子還可以當總統，通常只會很平凡地希望，這孩子能在愛中成長，不希望別人說他是壞的，這樣就夠了，不是嗎？」

「所以，你是個簡單的人囉？」王小姐笑了笑。

「我當然是個簡單的人。」我也笑了一笑。

「但你的作品很清楚地告訴了世人，你並不如你所想像的那麼簡單。」

「我依然覺得我很簡單，不管世人怎麼看。」

「那麼，你的爸媽覺得你是個簡單的人嗎？」王小姐收起了笑容，繼續她記者的工作。

「媽媽是這麼覺得沒錯，但我不知道爸爸怎麼想。如果還有機會，我希望可以問問他。」我說，語氣中帶著些許嘆息。

外公帶我到了一個地方，那裡有著一片看起來不小的空地，空地兩邊停滿了車子，還有一些穿著奇怪的人。我被帶到一個房間裡，他們拿了很奇怪的衣服給我穿。

「勇敢一點喔。子雲，你要勇敢一點。」幫我穿上衣服的是我的大舅媽，她摸摸我的臉，這麼跟我說。站在她旁邊的是大舅舅，還有外婆。

大舅媽牽著我的手，把我帶到另一個更大的房間去，我看見媽媽站在前面，低著頭，不停地發抖。走道兩邊坐滿了人，每個人都神情凝重的。這時，一種很刺耳、令人覺得不舒服的音樂響了起來。

媽媽回頭牽住我的手，把我帶到前面去。我身上的衣服因爲流汗而濕漉漉的。「樂群國小」四個字在我的左胸口磨擦著。因爲這是新的制服，繡上去的字有些堅硬、鈍利。那感覺像有人拿著筆在我的胸口寫字。

「這是你爸爸。」媽媽說。

一個灰白沒有血色的男人躺在我面前的一個大木箱子裡。他的臉好瘦好瘦，他的手好細好細，細的像只有皮膚包住骨頭，完全沒有肌肉組織一樣。他閉著眼睛靜靜地躺著。那奇怪的音樂愈來愈大聲，我覺得愈來愈不舒服。

這時，一個穿得很奇怪的伯伯走向我，拉起我的手，口中唸唸有詞地不斷唸著，我不知道他在唸些什麼。過了一會兒，他拉著我的手去碰觸那個躺著的男人。

嗯，對，那個我媽媽說他是我爸爸的男人。

「摸摸頭，祝福子孫……」什麼什麼巴拉巴拉亂七八糟地唸了一大堆，我根本沒能，也不可能記得他到底唸了什麼。但儘管我用力地把手往回縮，奇怪的伯伯還是不斷地唸著。他沒有放開我的手，反而領著我，從那個媽媽說是我爸爸的男人的額頭開始，不停地往下摸，我摸了眼睛，摸了嘴，摸了下巴，摸了胸口。

每一個碰觸都是冰冷的。異常的冰冷。

我對這段回憶其實沒有印象，除了觸摸那個媽媽說是我爸爸的人，因而在心裡留下一些不同的感覺之外，其他部分都是我的家人轉述的。

很久之後，我開始有了記憶，也到了可以懂點事情的年紀，外公外婆才跟我說，民國七十一年夏天，我的爸爸死於肝癌，那年他三十一歲。

那天開始，我上學都要在左邊的袖子上別上一塊米黃色的麻布，我不知道那叫什麼。外婆說，那是家裡有人去世時要戴的。一連好幾天，每天都要戴。

外婆在我已經要上國中時告訴我，我根本不知道要爲爸爸哭。永遠都再也見不到爸爸的感覺，對我來說，就只像是遺失了一個玩具，我不知道那個玩具掉在哪裡。

或者你也可以說，我從來不曾擁有過這一個玩具，我只是曾經聽人說過它，或是曾經看別人擁有過，但是在哪裡聽過，在哪裡看過，我卻說不出個所以然來。跟爸爸的永別，對我來說，完全沒有影響，因爲我並不認識他。

對，我不認識我爸爸。

雖然我知道他有個名字，外公外婆大舅舅大舅媽小舅舅阿姨叔叔們常常提起他的名字。

「我爸爸叫吳富松。」我順手從皮夾裡拿出我的身分證，遞到王小姐和魏先生面前。他們看起來有些驚訝。

「爲什麼你爸爸的名字還在呢？不是通常會在名字下方寫上一個『歿』字嗎？」王小姐好奇地問。

「關於這一點，我也不清楚。雖然我也認爲應該有個『歿』字，來證明這個傢伙已經不存在。不過，有時候不經意瞥見爸爸的名字，我都會有一種想認識他的念頭。」

「爲什麼？」

「妳想想，一個你不認識的人，他的名字卻出現在你的身分證上，時間還長達將近三十年，你只要拿出身分證，就會看到這個名字，每天，你的皮包或皮夾裡就裝著身分證，隨身攜帶著，那麼，就算他不是你的爸爸，你對他難道不會有好奇心嗎？」我笑笑地說。

「那，有個比較無禮的問題，不知道能不能問？」王小姐的眼神有些歉疚。

「沒關係，妳說。」

「你不曾為你爸爸哭過嗎？你剛剛描述父親去世時的情景，語氣十分淡漠，態度有些不恭，你甚至用了『那傢伙』這個名詞來稱呼令尊，但是你的眼神裡卻藏著不同的情緒，你似乎不是那麼的不為所動，是不是其實你對他仍有許多懷念？」王小姐的表情轉趨鎮定。

「不瞞妳說，我確實懷念他。但我眞的不認識我的爸爸，所以我不認為那樣的心情叫作懷念。應該說……」

「應該說？」

「我想，應該說是遺憾吧。」

「……嗯？」王小姐似乎不懂我的遺憾何來，她搖搖頭。

「我在小學的時候，成績非常優秀；上了國中，很自然地在所謂的資優班裡名列前茅；高中時，我比同時期的朋友都還要清楚自己將來想學習些什麼、走什麼樣的路；到了大學，我家家道中落，為了完成學業，我拚命打工。我認為我的前半生走得很悠然自得，整個過程看在家人眼裡也充滿了驕傲。」

「所以？」

「所以，我覺得這份驕傲的感覺，那傢伙應該也要有。」我笑了笑。王小姐也笑了笑。

「我說遺憾，是因爲那傢伙沒能感受到這份驕傲。」

王小姐不停地點頭，臉上的笑意不斷，旁邊的魏先生也面露微笑。我想他們應該都了解了我所謂的遺憾。

「在這之前，妳問我，在我爸媽眼裡，我是不是個簡單的人，對吧？」

「對。」王小姐點點頭。

「我想，他應該覺得我是個不簡單的人吧。」

「爲什麼？」

「因爲，沒多少人敢用『那傢伙』三個字來稱呼自己的爸爸。哈哈哈！」

我笑了，王小姐跟魏先生也笑了，小小的公園裡迴蕩著我們的笑聲。

這份笑聲裡也帶有遺憾，不知道「那傢伙」聽見了沒。

如果還有機會讓我見見我爸爸，我應該會跟他說：「嗨，老傢伙。」

03

「那麼，我們來談談你的媽媽吧。」王小姐手裡還在記錄著剛剛我描述的，爸爸的死亡，但她的下一個問題已經準備好了。

「怎麼談呢？」我有些抓不著頭尾的。

「你怎麼談爸爸，就怎麼談媽媽吧。」

「不，我不能，」我搖搖頭，「我沒辦法用談論爸爸的方法來談論我媽，她是個傳奇，至少在我的認知上是如此。至於爸爸這個角色，對我來說，只是一個把我製造出來，卻不讓我跟他有緣分相處的陌生人，但媽媽不是。」

「那媽媽是什麼？」

「媽媽是神！」話一說完，我噗嗤笑了出來。

「媽媽是神有這麼好笑嗎？」王小姐跟魏先生在旁邊看著我，眼睛裡有著滿滿的疑惑，不過或許是被我的笑聲感染了，他們也笑了起來。

「不，媽媽是神這句話不是我說的。」我定了定神，漸漸收起笑意，開始解釋這句話的由來。

「那是誰說的？」王小姐問。

「是跟我很親近的朋友們給我媽媽取的綽號，他們都稱我媽媽爲『神媽』。」

「神媽？」這下子，王小姐跟魏先生同時噗嗤笑了出來，「爲什麼有這種稱呼？令堂是不是有些異於常人的能力，所以才稱她爲神媽？」

「沒有沒有！」我否認著，「我媽媽沒有什麼異於常人的能力，也沒有什麼特異功能，她不像周星馳一樣會搓牌，更不會在你面前，把雙手的大拇指頂在自己的太陽穴上，然後張開所有的手指頭，晃呀晃地說：『你看不見我！你看不見我！』」

光是等王小姐跟魏先生冷靜下來，我就大概等了有兩分鐘之久，直到他們的笑意漸退，我才繼續我的敘述。

「我媽媽之所以被稱爲神媽，其實是她的個性造成的。」

「怎麼說呢？」

是啊！怎麼說呢？我要怎麼形容神媽呢？我發覺這世上幾乎沒有任何一個詞彙，可以徹底而精準地描繪出我媽媽的特質。因爲當我回首跟媽媽一起走過的這三十年，發現其中有過千百次爭執，一次又一次地證明了，我跟媽媽註定難以相處的窘境，我就眞的沒辦法從這世界上既有的詞彙中，找出一個適當的形容詞，將之套用在我媽媽身上，並且信心滿滿地對大家說：「對，我的媽媽就是這樣。」

簡單地說，她是「正常人眼中的瘋子，瘋子眼中的偶像」（相信我，這依然不是已經到位的形容詞）。

我這麼說自己的媽媽，或許看在許多有信仰的人眼裡，會認爲我必遭天譴，因爲再怎麼樣，都不能批評自己的母親（我所謂的信仰不僅僅是宗教信仰，自己內心裡某種無法動搖的信念，也是我所指的信仰）。

但是，我願意對我所使用的形容詞負責，甚至我有信心拍胸脯保證，我媽如果知道我這麼形容她，她一定會點頭說：「嗯，這麼說還可以啦！」

一頭霧水嗎？沒關係，我現在就開始告訴你們，關於我媽媽的故事。

我媽有個很普通，甚至可以說是「俗擱有力」的稱呼——阿惠。這是因爲她的名字裡有個「惠」字，叫著叫著，叫久了，左鄰右舍親朋好友就都這麼叫她了（當然啦，我還是得叫她媽媽，至於你們，可以學我的好友們，叫她神媽）。

我之前說過，她是個美人。在民國五十幾年，她十多歲的時候，每天都有一堆蒼蠅飛在她身邊。但她沒有選個金龜婿嫁個有錢人的命，因爲小時候外婆跟外公很窮，所以大舅和媽媽兩人都必須出去工作。

那時候媽媽還在念國小，就被外公帶到加工區去，每天在加工區裡踩著針車，縫著成衣跟布料；大舅跟外公去幫人搬磚頭板模、搬瓦斯桶、踩三輪車，或是到碼頭去幫討海人下貨；外婆則是在有錢人家裡，幫忙帶小孩煮飯洗衣服。

媽媽國小畢業後，馬上就有一個工作等著她。那是外婆托朋友居中引介，找到鹽埕區的一戶富貴人家裡，用半賣人的方式，把媽媽送去幫傭做小妹，也就是說，媽媽必須住在富貴人家家裡，一直工作，做到富貴人家自己解約，媽媽才能離開。而且，一個月只有一天休假，月薪是一百四十元台幣（當時沒有新台幣）。

媽媽說，她剛到富人家的時候，每天晚上都哭，幾乎沒辦法睡覺，一個晚上醒來五六次是常有的事。當時，媽媽還不敢讓夫人（富人家的女主人）知道她的情形，不然會被罵。

她第一次拿到薪水時，還不知道自己已經半賣給富人家，以爲只要在那裡做一個月就好，於是，她很開心地要把薪水拿回去給外婆，裝錢的信封上黏有膠水，她連開都沒開過。

外婆見到媽媽回來，心裡很高興，一家人傍晚還一起吃飯。媽媽說，晚飯只有地瓜粥配醬油，以及醃的蘿蔔乾，但是她吃得很開心，雖然在富人家裡，每餐都有魚有肉（剩魚剩肉），她卻覺得地瓜粥跟蘿蔔乾眞是天下美味。

不過，吃過晚飯，外婆就要大舅用三輪車把媽媽帶回富人家去，在這之前，外婆把大舅拉到角落，輕聲對他說：「你妹妹已經半賣給人家了，等等你要載她回去鹽埕，記得，千萬要看見她進到人家家裡，你才能回來，知道嗎？」

「爲什麼一定要看著她進去？」大舅傻傻地問著。

「她如果偷跑，我們可沒有辦法跟人家交代。」

「那如果她不進去呢？」

「用抓的也要抓進去，這就是她的命！」

「這就是她的命！」外婆一說完這句話，眼淚立刻像逃命似地從眼眶裡掉出來，好像已經在眼睛裡掙扎了很久一樣。

事情跟大舅擔心的差不多，媽媽在富人家外面放聲大哭，一個才十二歲的小女生不停地出拳搥打自己十四歲哥哥的胸口。媽媽不停地搖頭大喊著「我不要回去！我不要回去！」，她的長髮在空中飄動，眼淚在風中一分爲二、二分爲四地散開。

眼淚跟拳頭沒辦法改變那個時代的悲哀，當然也沒辦法改變媽媽的命運。或許外婆那句「這就是她的命」是最好的註解。媽媽的抵死不從，就像是落在攝氏六十度的沙漠裡的一滴水，不需要兩秒鐘就會被蒸乾，而沙漠依然浩大。那滴水解不了沙漠的酷熱，就像媽媽的掙扎改變不了時代，爲了生活，不管面對什麼，都必須咬牙撐下去。

那悲傷的時代不是一個十二歲小女孩可以改變的。即使聽過許多類似的故事，或是正在看這個故事的你們認爲，那確實令人難過，或是覺得難以想像，甚至有人自認爲感受到了我媽媽當時的無力感，但事實上，你們根本無法了解那股令人無力的力量。

富人家的門關了。門縫底下透出些微的光線，幾個人走動著。

那，就是她的命。

後來，媽媽在富人家裡打掃時發現，靠近西南邊的那個房間可以看見高雄當時最高的五層樓建築，對她而言，那就是家的方向。外婆家在前鎮區接近小港的地方，而媽媽工作的地方大概離家有十幾二十公里左右。

每個月領薪水那天，就是媽媽的休假日。當時媽媽只知道一條路，就是高雄唯一鋪有柏油的中山路。每到休假日，她就拿著同樣原封不動一毛不缺的薪水袋，朝著那棟五層樓高的建築物一直走，經過很多田寮與蠻地。媽媽說，當時的高雄，除了鹽埕區比較熱鬧之外，其他的地方都是農田。

當媽媽走到建築物之後，就表示家在她的右手邊，只要再走十公里就可以到了。

是的，十公里。媽媽是這麼說的。

我媽不只是瘋子，還是超人。下集繼續告訴你。

04

「十公里？天啊！」王小姐驚呼一聲，「那大概是從台北車站到台北市政府的距離呀！」

「嗯，差不多。」我點點頭，在心裡大略估算了一下，「以高雄的地點來看的話，大概是從新崛江到中山大學大門口的距離吧。」

「令堂都用走的？」王小姐問。

「是啊，沒有錢就是用走的。我記得外婆說過一句話，『雙腳走十里，省得五角錢。』這是台語，意思是，對當時的人來說，十里路只是一個短距離，步行可以省下五角，當時，搭一趟三輪車，從高雄火車站到鹽埕中心，車錢大約是七角。」

「所謂的一趟是來回嗎？」

「對，就是來回。如果車上超載，那七角就賺得很累了。」

「幾個人算超載？」

「三個。三輪車只能坐兩個人的。」

王小姐跟魏先生像聽出興趣似地，愈坐愈近，我們三個人就坐在公園裡的小長椅上聊了起來，訪問變得愈來愈不像訪問了。

「你怎麼知道這些事情的？」

「外公跟大舅說的，我剛剛有提到，當年他們在高雄騎三輪車。」

「所以，如果他們一天載了五趟，也才賺三塊五角？那一個月也只賺了大概一百元左右而已，不是嗎？」

「是的。不過，聽外公說，他跟大舅很努力在載客，客人一下車，他們就馬上再趕回原本的待客點，縮短來回的時間，一天下來，就會多出較多的時間，可以多載一些客人。」

「所以收入比較多一些？」

「其實不會多很多，不然大舅跟我媽也不需要出去幫忙賺錢，當時他們年紀都還那麼小。」

「也對。他們一個十四歲，一個十二歲，就開始幫家裡賺錢過日子，想想我們十二十四歲的時候，還在學校裡劉德華郭富城林志穎地尖叫著。」

王小姐說著說著，自己就大笑了起來，魏先生聽了也笑著說：「那是妳們女孩子的瘋狂，我們可不是，我們男生聽見劉德華郭富城都是髒話伺候！」

聽魏先生這麼一說，我也笑了起來。

「所以，令堂十二歲之後，就沒有再接受教育了，是嗎？」王小姐問。

「不，我媽不是一個會屈服於命運的人。」我微微一笑，推了推在鼻梁上的眼鏡，繼續說著，「她在十五歲的時候回到學校了。」我從口袋裡拿出了菸盒，從裡面抽出一根，然後點上。

富人家裡有個跟媽媽年紀差不多的女孩，大概小了媽媽一兩歲。每天都是媽媽在替她準備早點跟學校制服。聽媽媽說，她是個文靜乖巧的女孩，因爲生活優渥，很多生活技能都一竅不通，連綁鞋帶跟拿筷子都不會。

她叫什麼名字，媽媽已經忘了。所以姑且，我們用小美阿姨來稱呼她吧。算一算，她也差不多五十歲了，叫她阿姨應該是非常合理的。

小美阿姨常常跟我媽聊天，在我媽替她綁辮子，或是陪她上學的時候，小美阿姨會不時跟我媽說：「學校眞是個好玩的地方，可以認識很多新朋友。」

這話似乎沒有任何殺傷力，但聽在我媽耳裡，那卻是一句有爆炸威力的話語，在一個幾乎被時代宣判沒有機會再回學校的十二歲小女生眼裡，能上學的孩子除了幸福之外，還是幸福。

「我很想再回學校去啊！」這是媽媽心裡的聲音。她跟我說，當時，趁著洗衣服的時候，她曾經偷穿小美阿姨的制服，在廁所裡偷偷地想像，鏡子裡面的自己是老師，而鏡子外面的她正在認眞地聽課。

然後，時間過得很快，小美阿姨上了初中，媽媽也在富人家待了兩年，她開始替富人家打理一些店務。富人家是在做電器買賣的，在當時那個年代，能做電器買賣，代表這戶人家是富裕得不得了的。

但說是打理店務，其實也只是幫忙掃掃地、撢一撢電器上的灰塵，或是替老闆到訪的朋友奉上茶水罷了，那些熱水瓶電湯匙甚至電視機收音機等等東西，媽媽根本連碰都不敢碰。

有一天，小美阿姨被女主人帶出去，沒多久之後回來，媽媽發現小美阿姨的臉上多了一副眼鏡。

「妳怎麼了？」媽媽問。

「近視了。」小美阿姨說。

「近視？」

「嗯。就是看東西會有點模糊。」

「那拿掉眼鏡後，妳還看得到嗎？」

「當然看得到，只是遠一些的會看不清楚。」

然後她們玩起了數手指的遊戲。媽媽要小美阿姨拿下眼鏡，然後她比了兩根手指，小美阿姨回答「二」，媽媽又退一步，再比出三根手指，小美阿姨回答「不清楚了，看不到了，很模糊呀」。

但媽媽關心的不是小美阿姨到底能不能看到，而是她覺得，戴副眼鏡在臉上，那種感覺眞有學問，像是把學生證貼在胸前，向全世界宣告自己就是學生一樣。

這件事一直記在媽媽的腦海裡，她告訴自己，如果能讀書讀到戴眼鏡，那眞是一件完美到天上去的事情。甚至，她願意讀書讀到眼睛瞎了，只要她能讀書。

所以媽媽只要休假，走了十幾公里的路回到家，她就會跟外公外婆說她一定要再回去念書，不管多苦都願意。當然，外公外婆沒有回答，他們非常清楚家裡的情況，要讓一個孩子念書，對他們來說，並不是那麼容易的事。

有一天一大早，大舅要載媽媽回富人家時，她看見外公在離家外面幾公尺的地方，用那種古老的，必須用手連續壓那長長的柄，才會有水跑出來的抽水器前，掬水清洗自己的眼睛。

「哥哥，爸爸怎麼了？」坐在大舅的三輪車上，媽媽問。

「爸爸跑了很久的碼頭線了，港邊風大，砂子很多，他每天回到家就是腫著眼睛，然後睡了一覺醒來，就去洗眼睛，消腫了以後又繼續去跑碼頭線。」大舅一邊踩著三輪車，一邊回答。

「那為什麼要去跑碼頭線？」

「政府開始在發展高雄港啊，那邊船多貨多人也多，很多三輪車都去了。」

「叫爸爸不要再去跑那邊了啦，眼睛壞了怎麼辦？」

「妳以為我跟媽媽都沒講嗎？沒辦法啊，他哪講得聽？有錢賺，再遠他都去！」大舅說最後那句話時，還特地下了重音，語氣中似乎有點無奈的氣憤。

媽媽沉默了。聽完大舅說的話，她很清楚地知道，外公是個不會聽別人勸的人，他固執，脾氣又硬，決定要做的事，誰來勸都是找罵挨。

其實大舅也跟著外公跑了一陣子碼頭線，但因爲在碼頭線搭三輪車的，大都是取巧又小氣的商人，所以超載是常有的事。爲了不讓大舅太累，所以外公不准大舅去跑碼頭線。曾經有一次，大舅聽到有大船要進港，量貨取貨的商人一定很多，所以偷偷跑去碼頭線載客，想多賺一些，結果回家被外公打得很慘。

媽媽十五歲那一年，拜託小美阿姨帶她到配眼鏡的眼鏡行，花掉自己半個月以上的薪水，買了一副眼鏡。當時媽媽的薪水調整到一個月一百七十元，所以那副眼鏡大約一百元。

那是一副墨鏡，黑色的，有著粗粗的鏡框，鏡片有由上而下漸層透明的設計。

放假回家後的晚飯時間，媽媽把眼鏡拿出來送給外公，「爸爸，你的眼睛每天都進風沙，這眼鏡可以讓你擋沙子，要記得戴喔。」媽媽說。

外公看了看眼鏡，吃進嘴裡的飯還沒有吞下去，就一把抓過眼鏡，往旁邊的地上丟，「誰叫妳亂花錢的？」外公怒斥著。

「我沒有亂花錢，我只花了買眼鏡的錢，其他的薪水都拿給媽媽了。」媽媽害怕地解釋著。

「妳以爲我不知道眼鏡一副多少錢嗎？這副眼鏡可以讓我們家活兩個禮拜了妳知道嗎？」外公一樣大聲地斥責著。

媽媽不敢再回嘴，她委屈地站起身，把地上的眼鏡撿起來。還好眼鏡有袋子裝著，所以沒有損壞，只沾了點地上的灰。她把眼鏡放在桌上，然後坐回原位低頭吃飯，外公則是不放過人似地繼續叨唸著。

隔天，媽媽又要讓大舅載回富人家時，外公已經踩上三輪車了，他的鼻梁上掛著一副黑色的墨鏡，粗粗的鏡框，鏡片有由上而下漸層透明的設計。

媽媽跟大舅都開心地笑了，不同的是，媽媽的臉上多了兩道淚痕。那是開心的眼淚，淚水滑過的兩道痕跡，就像微笑的嘴型一樣，在臉頰上畫了弧線。

「外公到現在還留著那副眼鏡，雖然已經不能再戴了，但他還是捨不得丟。」媽媽跟我說這些話時，笑得很開心，我能感覺她的心也是笑著的。

「那，媽媽，妳有回到學校念書嗎？」我問。

「有啊。就在買眼鏡給外公那一年，我翻出小學念書時的課本，自己利用時間讀，然後自己去考了初中補校，三年後以全班前十名畢業。」

「那妳在富人家的工作呢？他們答應讓妳晚上去念書嗎？」

「他們是一戶好人家，我考上補校的第一年，他們就同意讓我去念書，還說可以讓我回家，不用再幫傭了。但我還是繼續留在他們家，直到我初中畢業。」

「比較可惜的是，」媽媽嘆了一口氣，「我到了四十歲那年也都沒戴到眼鏡，我的視力一直都是一．二以上。我人生中的第一副眼鏡，竟然是幾年前配的老花眼鏡。」她苦笑著，語氣中帶著惋惜。

我曾經看過外公那副眼鏡，黑色的，粗粗的鏡框，鏡片有由上而下漸層透明的設計。外公把眼鏡收在自己藏私房錢、金戒指，跟一些紀念品的櫃子裡，用一個義美蛋捲的鐵盒子裝著。

我想，對媽媽跟外公來說，那是一種美麗。

或許我們都懂，但永遠都不及他們感受的深。

或許我們都懂，但永遠都不及他們感受的深。

05

畢業後，媽媽回到加工區待了一年多，然後認識了我爸爸。

也就是「那傢伙」。

外公外婆大舅還有媽媽努力了好多年，家裡總算存了一筆錢。大舅說，他想利用這筆錢開一家皮件工廠，主要是生產皮包和皮製品。當時外婆開始篤信一貫道，很多事情都喜歡問菩薩，幾乎所有大大小小的事情，都要菩薩點頭他們才敢動作，就連當時小舅要到高雄工專（現在的高雄應用科技大學）念書，外婆也要問一問。

於是開工廠的事情搬到了佛桌上去討論，參與討論的「人」，嚴格說起來有四個：外公、外婆、大舅，還有「菩薩」。

很離奇地是，菩薩不只答應了，而且還是很開心地答應。怎麼說很開心？因為那天所有提出來問菩薩的問題，菩薩都一一答應，而且還替工廠取了名字，叫作「佛欣」。

不過，不要問我他們是怎麼問菩薩的，即使我從小是被外婆帶大的，但我對這方面的事情是完全不了解。

大舅開始為佛欣四處奔走。先買好一棟透天厝，再把隔壁的透天厝一起租下來，然後向政府相關單位申請執照，一邊開始接洽皮件經銷商，爭取一些代工訂單，一邊應徵生產線的人員，並且大量採購生產機具，像是裁布機、針車，還有衝鈕機（把鈕釦釘到皮件上的機器）。

聽大舅說，佛欣企業成立的第一年，因為競爭對手不多，再加上我們稍稍壓低了一些代工成本，所以皮件經銷商樂於把他們的設計圖拿給我們來代工生產，成績不算太差，至少有小賺。

接下來的幾年，接觸的皮件經銷商愈來愈多，佛欣的規模也稍稍擴大，甚至有一些國外的客戶來下訂單，佛欣開始做起皮件出口的生意。大舅說起這件事的時候，神情語氣中，有些心虛與驕傲，「當時根本不懂什麼是英文，卻也只能硬著頭皮上了！把自己做的東西賣到國外去的感覺，眞的很好。當年台灣的人力便宜，所以國外的皮件商要拓展亞洲市場，就會到台灣來找代工工廠。因爲地理位置好，而且又有港口。」大舅說得很開心。這些快樂的回憶總會讓人陷入某種愉悅的氛圍，久久不能自己。

佛欣的穩定，也帶來了一家人的穩定。外公跟外婆雖然當時年紀不大，才四十多歲，但他們年輕時已經跟時代拚鬥了三十多年，也該到了穩定過日子的時候了。

沒多久後，大舅結婚了，娶了一個正妹舅媽。正妹舅媽來自里港，一個當時在屏東鄉下很偏僻的地方。我看到他們結婚時的照片，還曾經嚇一跳地說：「哇！里港的女孩子，現在還這麼漂亮嗎？」

正妹舅媽不只是正而已，還是個超級賢內助，對內，把家裡的大小事都打理得很妥當；對外，則對大舅在佛欣企業的管理上有很大的幫助。她很快地學會了怎麼製作皮件、怎麼跟供應商洽談原物料的成本、怎麼把那些在生產線上一天到晚東家長西家短的阿姊阿姨阿嬸阿婆們管得安安靜靜沒有口角。

唯獨對皮件經銷的部分，她絕對不會去插手或多嘴，全部交由大舅跟這些老闆們自行洽商。她說：「做那份工作必須擁有百分之百的自主權，而擁有這份自主權的人不是我。」

大舅也因此不需要去承受來自家人或妻子的壓力，他不用怕自己的妻子對他說：「你這次給他們的價錢這麼便宜，下次要加回來！」

就因爲大舅娶了一個好太太，街坊鄰居便開始關心下一個接近結婚年齡的人會遇到什麼樣的對象。而當時小舅不過是個還在念高雄工專的學生，所以街坊鄰居關心的人……

就是我媽。

我媽當時才十九歲多，說結婚實在有點早，但那時候的女孩子，大都在二十三五歲就嫁人了，所以街坊關心的就算不是什麼時候結婚，也會關心我媽到底有沒有男朋友。

我說過了，我媽是個超級正妹，光她畢業後回加工區的那一年多裡，就收了疊起來大概有一公尺高的情書（我唬爛的，不過我媽收了很多很多情書倒是實話），寫情書給她的，囊括了三教九流，什麼人都有。我媽跟我說，她當年時常一天之內就接了兩三封，然後又好一陣子沒人寫來。我問她爲什麼會這樣，她說，那一陣子沒寫信來的人，都是在觀察她有沒有被寫那兩三封信的人給追走。如果媽媽死會了，那他們就不需要再寫情書了。

我聽完笑了一笑，心裡覺得過去的人實在太簡單了。當年或許眞的可以這麼公平、這麼和平地進行追求大事。但如果換了現在這個年代，哪還有男生願意按兵不動，先看看這個女孩有沒有被追走的，一定都卯足全力，不給喘息空間，一直衝到追上手爲止，不是嗎？

「王小姐，妳應該也跟我有一樣的想法吧？過去男孩子追妳，應該都會卯足全力衝刺，就像聯考前幾天死抱著書不放。」我看著王小姐，比手畫腳地說。

「這當然是有過，不過有些男孩子比較害羞，他們不敢卯足全力，不過，他們也會抓緊機會。跟過去令堂那個時代相比，在愛情方面，現在的男孩子是眞的比較敢衝了。」王小姐笑著說。

「對，在愛情方面。所以當女孩子比較幸福，可以看著男孩子爲自己拚死拚活衝來衝去的，一定有某種成就感。」我說。

「你把女孩子想得太壞了，吳先生，而且當女孩子也沒有比較幸福，如果卯足全力追你的人不是你喜歡的，那種困擾的程度，是會讓人覺得心煩，甚至睡不著覺的。」王小姐搖搖頭。

「也對，因爲我媽當時就覺得很心煩，而且還煩到把加工區的工作給辭了。」

「辭了？」

「對。」

「想也是，時常接到不喜歡的人寫來的情書，還眞是件很煩的事情。」王小姐一副頗能了解我媽媽當時感受的表情。

「是的，所以王小姐，請不需要羨慕我媽媽。」我說。在一旁的魏先生聽完，開始哈哈大笑。紅了臉的王小姐站起身來，回頭打了魏先生一下，才又轉頭坐下繼續發問。

此時魏先生依然在大笑。

「剛剛說到令堂辭了工作。」王小姐還回頭瞪了魏先生一眼。

「對，她辭了加工區的工作，到高雄市區跟一個婆婆學做肉燥飯。」

「所以，她跟令尊並不是在加工區認識的？」

「他們不是在加工區認識的。」

「那是在哪裡？」

「在我剛說的那個婆婆的肉燥飯舖子裡。」我說。

在生意很好，又是用餐尖峰時間的肉燥飯舖子裡，媽媽來來回回地，忙得不可開交。但這天，那傢伙的出現，卻讓我媽的生命，有了非常大的改變。

那傢伙吃完肉燥飯，走到婆婆面前，結完帳之後對婆婆說了一句話：「阿婆，我想跟妳女兒認識一下，可以嗎？」

那傢伙指著我媽，一點都不緊張地說。

這傢伙追女孩子的實力，還真是「深厚」啊！

06

「令尊把妹的方法還眞是奇特。」王小姐摀著嘴巴笑著說。

「妳可以直接說他的方法又笨又俗又直接，我一點都不會介意的。」我也微微笑著。

「這可是你說的，我沒說。」王小姐哈哈哈地笑了起來，「不過，那位婆婆眞的有介紹令堂給令尊認識嗎？」

「妳想呢？」

「有？」

我搖搖頭。

「沒有？」

我也搖搖頭。

「你一直搖頭是什麼意思？」

「就是妳都講錯的意思。」

「都講錯？答案就A和B兩個而已，不是有就是沒有，怎麼會講錯呢？」

「答案還有C，就是婆婆根本沒聽到。」

王小姐跟魏先生當場臉上三條線，看著他們的表情，我笑了出來，「不過，那傢伙又問了第二次啦。」

「阿婆，我想認識妳女兒，可以嗎？」那傢伙又問了婆婆一次。

這次婆婆聽到了，她回頭看了看那傢伙，又看了看我媽，然後笑了出來，「哎唷，你也差不多一點，你看看她，跟我有像嗎？她不是我女兒啦。」阿婆說這話的時候，是用標準台語說的。

這下尷尬了。想也知道那傢伙臉上的表情一定一整個「囧」了起來，恨不得手邊有個鏟子，或是地上剛好有個洞，可以讓他跳進去，因爲他在問這話的時候，旁邊一堆來吃飯的客人也都聽到了，大家都在等這場好戲怎麼繼續演下去。

但是事實剛好相反。

「你爸爸不但沒有覺得不好意思，反而更勇敢地說……」媽媽欲言又止。

「說什麼？」我非常好奇地問。

「他說，『這樣好，妳把她介紹給我，我如果幸運娶到她的話，我再包個媒人禮給妳，妳覺得如何？』」

我聽完差點翻過去，沒想到這傢伙這麼大膽。如果把時空背景換成現在，說出這種話，應該會被報以白眼數顆，或是被人髒話伺候。

「媽，那妳怎麼回應他？」

「我沒有回應，我只覺得這個男人非常輕浮。」媽媽說得很認眞。

哇哈哈哈哈哈哈哈哈哈哈哈哈哈哈哈哈！

這個是我聽完當下的反應——笑到整個人倒在沙發上，簡直不能自拔。你想想，如果你的母親用「輕浮」這個字眼來形容你的爸爸，像是在教訓涉世未深的毛頭小夥子，你會不會覺得好笑？

「那後來呢？」

「後來你爸爸知道我的名字之後就回去了，名字是婆婆告訴他的。」

「然後他開始追妳？」

「那時候他沒有機會追我。」

「爲什麼？」

「因爲他是核電廠外包廠商的工人，當天就離開高雄了。」

「再來就沒有後續了嗎？」我的口氣有點失望。

「當然有後續啊，不然我怎麼生你？」

「那後續呢？妳繼續說啊，別賣關子呀！」

「後續只有一句話。」媽媽的表情非常認真。

「什麼話？」我豎起耳朵，屏氣凝神地聽著。

「就是……忘光光了。」

說完，媽媽竟然開心地笑了起來。哇銬！什麼碗糕呀！這時候給我搞這種自以爲幽默的把戲。

「什麼啊！幹嘛這樣？什麼忘光光了？這事很重要呀！關係到小說能不能繼續寫下去耶！」我皺著眉頭，不耐煩地嚷著。

「這事都三十多年了，我怎麼還記得？」

「那妳怎麼記得前面那些事？」

「我就只記得那些呀。」

「還有選擇性記憶的喔！」

「我不知道什麼是選擇性記憶啦，我就是不記得後來怎麼了，我只記得他一直賭博，一直賭博，那個時候眞是氣死我了！」媽媽睜大眼睛，擠著眉說。

「那他怎麼追到妳的，妳應該記得吧？」

「嗯……」

「妳不是說他很輕浮嗎？」我盡量強忍住笑意，「那妳是怎麼被一個輕浮的人追到的呢？這個妳一定有印象吧。」

「嗯，有啊。」

「那是爲什麼？」

「爲了一張照片。」

「一張照片？」王小姐手裡拿著筆，快速地在她的筆記本上書寫著。「因爲一張什麼樣的照片？」

「一張我媽媽的照片啊。」

「這張照片是……令堂給令尊的？還是？」

「當時我跟妳一樣，一直逼問我媽媽，還要她把照片交出來。」

「那後來呢？你有看到那張照片嗎？」

「有，不過不是在逼問她的當天，而是在那之後許久才看到的。」

「爲什麼當天令堂不肯拿出來給你看呢？」

「我也不知道原因，但是，我看到照片之後，我眞的了解到，爲什麼媽媽會被一個輕浮的傢伙給追到手。」我輕輕地笑著，心裡有一股溫暖正慢慢地暈開。

「為什麼呢？」王小姐問著。魏先生則對我報以好奇的眼神。

許久之後，媽媽拿了一張照片給我，「子雲，你不是問媽媽，為什麼會跟你爸爸在一起嗎？」她一邊遞給我，一邊說。

「嗯，是啊。」

「就是因為這張照片。」

照片是在那間肉燥飯舖子的外面拍的，媽媽當時正在收拾桌子上的碗盤，十九歲的纖瘦身影中，帶著成熟的女人氣息，她半彎著腰，一隻手捧著疊起來的碗盤，另一隻手則拿著抹布在擦拭桌面。

「很久之後，你爸爸從金山放假回來，又特地跑到肉燥飯舖子去找我，但是當時，我被加工區的主管叫回去幫忙，這一幫又幫了好久。」

「所以，爸爸沒有找到妳？」

「對，他在肉燥飯舖子裡沒有找到我，但婆婆告訴他，我在加工區上班，所以他跑到加工區找我。」

「有找到嗎？」

「他一共放三天假，第三天才找到我。他沒有跟我多說什麼，只告訴我，他要回金山了。」

「嗯……」

「在他走之前，他跟我說，他偷偷拍了一張我的照片，希望我不要介意，因為金山離我太遠，但思念離他太近。」

聽完這句話，我眞的有那麼點感覺到，某些特質似乎眞的是會遺傳的。

媽媽說完，淺淺地笑了一笑。我則是看著媽媽的表情，心裡有種寂寞感，像一杯水打翻在畫紙上，那一片濕漉漉漸漸地爬開。

「原來，爸爸對妳一見鍾情啊，媽媽。」

媽媽沒說話，只是笑一笑。但我看出她眼裡的寂寞感，又倒了一杯水在她心裡的那張畫紙上。

那傢伙對媽媽說：「金山離妳太遠，而思念離我太近……」

哇銬，這傢伙好樣的！

07

「聽起來好寂寞啊。」王小姐放下手上的紙筆，她的眉間與眼神透露出一絲絲的愁鬱，像是看了一本悲傷的小說，憂鬱隨著劇情的走向在發作。

「我也是到了很後來才發現，媽媽的寂寞，原來不只是因爲那傢伙愛賭導致家庭破碎而引起的，那是一種會堆疊的寂寞感。」

「堆疊的寂寞感？」

「嗯嗯，就像在累積某種情緒一樣。兩個人的故事從開始那一秒就在進行堆疊的動作，不管過了幾年，或是十分短暫的時間，只要當時心裡是有感覺的，或是有遺憾存在的，那麼，情緒就會堆疊。而寂寞是最明顯，也是唯一的。就拿媽媽的例子來說，她在當時是有感覺的，她因爲愛上那傢伙而嫁給他，又因爲那傢伙愛賭而失去他，不管當時的情緒是什麼，只要在多年後的某一天想起，當時的情緒就會起一種不知名的作用，我們稱之爲『寂寞』。」

「你說的很有道理，說服力也十足。」王小姐點了點頭，但又接著說，「但爲什麼要用寂寞來稱呼呢？沒有其他的形容詞或名詞嗎？」

「沒有。」我很直接、很堅定地說。

「爲什麼你這麼篤定呢？」

我對王小姐笑了一下，再從包包裡拿出我的菸盒，抽出一根大衛杜夫，然後點上，「因爲那所有堆疊的情緒，是所有其他人都『無法眞切地分享或共有』。」

王小姐像是大夢初醒般地「啊」了一聲，然後頻頻點頭說：「對對對，你說的沒錯！」

「所以我才說，寂寞是最明顯，也是唯一的。因爲，每個人都有自己的寂寞。」

我又吸了一口菸，然後慢慢地吐出來。

「那麼，接下來呢？」

「什麼接下來？」

「令堂就因爲這張照片被令尊追走了，然後呢？」

「然後的事情我在這之前已經說過了，那傢伙沒多久就走了。」

「那麼，令堂呢？」

「媽媽從金山回到高雄之後，就頂了一間路邊攤開始做生意。」

「什麼生意？」

「肉燥飯啊。」我說。

嗯，是的。媽媽開始做生意時，我就一直待在外婆家。我想我知道媽媽當時的感覺，她雖然很希望能跟我一起住，但她身邊什麼都沒有，也沒有房子，她只能暫時把我放在外婆家，讓她能好好地認眞賺錢，等到她有了自己的房子，就會把我帶回身邊。

在外婆家長大的日子，我每天都很快樂。

或許是因爲我算是個受教的孩子，雖然活潑好動，但卻不需要大人們操心煩惱。我的作息不會混亂，我的功課不需要操煩，我在學校的表現不會亂來，我的身體也很健康，不會讓家人不安。

那是一段沒有任何煩惱和壓力的日子。

那時候，媽媽大概一個星期會回外婆家看我一次。起初我還會很開心地抱一抱媽媽，但後來，我漸漸地不喜歡抱她。

因爲她身上都是豬肉和菜餘的味道。

「媽媽，妳別抱我，妳身上的肉燥味好重！」我還記得，我曾經這麼直接地跟媽媽說。我還記得她聽完之後，看了看我，又看了看她身上那件油污點點的圍裙，她說：「好，那下次媽媽要來看你，一定洗完澡再來，好不好？」

「好。」我說。

長大後我才知道，那句話，是很傷媽媽的心的。當時的我，還不能算是個懂事的孩子。

但，媽媽是健忘的。她後來也一直都是忘了洗澡就來看我的，她身上的圍裙就算換過了，也一樣是油污點點，那豬肉與菜餘的味道一樣刺鼻。不過，與其說她健忘，不如說她是爲了爭取那多跟我相處的幾十分鐘。因爲短暫相處過後，她又得趕回離外婆家很遠的苓雅區去做生意。

這樣的日子，幾年之後我也習慣了。我從六個多月大，就開始待在外婆家，這一待，就待了將近十一年，直到我念小學五年級那一年爲止。媽媽總是大約一個星期出現一次，她在我小學三年級那一年就買了自己的房子，外婆說，媽媽當時就很想帶我回去跟她一起住，但我說什麼都不肯。

因爲，媽媽的新家裡多了一個人，他就是我現在的繼父。

繼父在我還不滿九歲那一年，也就是我爸媽離婚後的第八年認識了我媽媽。當時的他在一家很有名的建設公司擔任企畫經理，他很欣賞媽媽獨立不依靠男人的個性，而媽媽也很欣賞他在社會上的工作能力。

他們在一起的事情，外婆家裡的所有人，包括外公大舅大舅媽還有小舅，每個人都知道。

當然，他們也試圖暫時對我隱瞞這件事，因爲當時的教育，甚至是課外讀物，都很清楚地告訴我們：「繼父繼母都是很凶的，都是不會疼小孩的。」我想他們也想過，媽媽交了新的男朋友，而這個男朋友將會是我的新爸爸，這種事對我的衝擊一定會很大，所以外婆他們才決定把我蒙在鼓裡。

但是，我永遠記得那天，我跟鄰居的孩子在外婆家附近的空地玩，玩得正開心時，遠遠地便看見外婆家門口，媽媽坐在一輛摩托車上跟外婆說話，而她的手正抱著前座那個我不認識的叔叔。

那時我心裡有一種好奇怪好奇怪的感覺，我一直努力地想要解釋，並且消除那種感覺，但是，我愈想解釋、愈想消除，那感覺就愈是強烈，強烈到幾乎要將我的身體撕裂。我感覺到有個堅硬而巨大的物體卡在我的胸口，它好像就停在我的氣管或是食道中間，我想吐也不是，想吞也吞不下去。我深刻、強烈地感覺到我的呼吸困難，就像是被掐住了脖子似的。

「爸爸不是死了嗎？」這是我當時的第一個念頭，第一個疑問。

這時外婆指著空地，像是在對他們說我在這裡，到空地來找我吧。那個陌生的叔叔跟媽媽轉過頭來，而我丟下了我的玩具，轉頭就跑。

我記得我一直跑，一直跑，像是發狂了似的，好像有什麼東西在追我一樣，我不停地狂奔，狂奔，根本沒有打算停下來，我的腳也似乎不想停下來。我跑進外婆家附近的公園，然後穿越它，又跑過車子很多的平交道，跑進那條我每天上學都要經過的小捷徑，我看見學校的後門沒關，便跑了進去，穿過後玄關，穿過最後一棟低年級的建築，然後跑進操場。

後來的事情我不太記得，只知道我又有記憶的時候，我的腳跟手都包紮著大量的繃帶。

聽說我跌了很大一跤，摔破了雙腳的膝蓋和大腿，摔破了雙手的手肘，臉上也摔出一道長長的擦傷。

這一次受傷，讓我包了三個多星期的紗布跟繃帶，也連帶地影響了學校的運動會，班上的接力賽少了一個生力軍，拔河當然也沒有我的份。

然而這一摔，影響的不只是我的運動會，還有那個陌生叔叔跟媽媽的婚禮。從外婆他們決定隱瞞我，關於媽媽交新男朋友的事情，到我自己親眼破鼓見眞相那天，前後時間不到半年，戰術可以說是非常失敗。

過了好久之後，我記得，有一天，一樣是一星期出現一次的媽媽，她全身乾乾淨淨地走到我面前，把我抱了起來，我在她身上沒有聞到臭味，卻在她臉上看見歲月。

「媽媽，妳怎麼長皺紋了？」我摸摸她的眼角。

「嗯，媽媽每天都在變老，你每天都在長大啊。」

「喔。」

「子雲，媽媽如果要帶你回去跟媽媽住，你要不要跟媽媽去？」

「好，只要沒有那個叔叔就好。」我說。

這天，媽媽跟那個陌生叔叔結婚了。

外婆外公大舅大舅媽還有小舅都去參加婚禮，大舅的兩個孩子，也就是我的表弟，他們也都去了。

我一個人被安放在外婆家附近的一個老師家裡，他是我學校的老師。

這天，我沒來由地哭泣著，感覺有個堅硬而巨大的物體卡在我的胸口，它好像就停在我的氣管或是食道中間，我想吐也不是，想吞也吞不下去。我深刻、強烈地感覺到呼吸困難……

就像是……被掐住了脖子……

那年，我未滿十一歲，我心裡的痛苦開始在堆疊。

是的，那是我十一歲的寂寞。

十一歲的痛苦，十一歲的寂寞。

08

「所以，對於令堂的再婚，你是非常反對的？」王小姐說。

「在當時的我來說，是的。」

「那，外公跟外婆，或是你其他的親人有沒有試圖跟你談談令堂再婚的事，讓你對這件事情比較容易接受或釋懷？」

「沒有。我想，對當時的他們來說，跟我解釋或溝通這件事是沒有效果，也是不必要的，畢竟要一個小學五年級的孩子了解大人的世界，恐怕是自找麻煩。」

王小姐點了點頭，「也對，那畢竟複雜了點。」

「不過，也就因爲如此，我花在接受這個新爸爸的時間，恐怕比其他有過父母再婚經驗的孩子還要來得長。」

「爲什麼呢？」

「因爲，我並不覺得我需要爸爸這個角色。」

「那麼，你在接受新爸爸這個角色上面，花了多少時間？」

「五年。」我說。

我第一次叫繼父爸爸，是在我要升高二那年。我還記得他當時的表情，他的眼睛裡透出一種我跟他相處以來從沒有過的光芒，那是我認識他之後，第一次見他笑得那麼開心，他摸摸我的頭，卻什麼也沒說，我想，他可能不知道，也無法說些什麼。

他跟媽媽沒有再生孩子，聽他說過，他從來就沒有這個打算。從跟媽媽在一起的那一刻開始，到他跟媽媽結婚那天，他從來沒有想過，要有「自己」的孩子。

「因爲，我一直覺得，你就是我的孩子。」長大後，問起他爲什麼不跟媽媽生個弟弟或妹妹給我時，他給了我這樣的答案。雖然，大約在國中的時候，我曾經聽他說過類似「家裡有一隻精力旺盛的怪物就已經很多了」這樣的話。

還好他說的不是「家裡有一隻畜生就已經夠了」。

我在媽媽跟他結婚後不久，被媽媽接回去同住。在我小時候的印象中，他是一個非常嚴肅、少話的人，他不愛笑，而且表情很撲克。有很長一段時間，我的同學們都知道我給繼父取了個「耍酷眼鏡伯」的外號，顧名思義，我就是認爲他每天都在耍酷，而他也確實戴了一副眼鏡。

在我剛搬去跟媽媽還有他一起住的時候，他的生活模式數度讓我覺得驚訝，也數度讓我覺得，他眞是個奇人。他每天除了上班，回家就是看台視新聞，再看看天下跟遠見雜誌，然後就翻一翻他的建築業相關書籍，一邊看書，還一邊拿著一把電動的腳底按摩器，不時按摩腳底。他喜歡抽菸，喜歡泡茶，喜歡晚上一個人把家裡的燈都關上，然後坐在客廳裡，像想事情一樣地發呆。假日時，他會一個人點上一根菸，也不約媽媽跟我去哪裡玩，就只是叼著菸走出門，散步到我家附近的錄影帶店，租影帶回來看。他一次大概租五支片左右，然後把星期六下午，跟星期日一整天的時間，耗在看完這五捲影帶上。當時沒有週休二日，而且五捲影帶的長度最少十個小時，他卻只花了一天半的時間就看完了。除此之外，他還會在我家旁邊的小院子裡種花，我還記得他種了一株很茂盛的九重葛，他會叼著菸在院子外灑水澆花，接著清一清一個星期以來，掉在地上的落葉枯花。

重點是，他做這些事的時候都是一個人的，他不會約我媽媽，當然，更不會約我。

當時的我對這個人的印象就是：「天啊！好一個老頭！莫非武功深厚？」這可不是說來逗你們笑的，我是眞的這麼想。不過，我必須解釋一下，會覺得他武功深厚，是因爲我小學畢業時，他買了一套書送給我，那套書的名字叫「金庸全集」。連他送我書的時候，他都只跟我說：「這是送你的，有空看一看。」然後就走出我的房間了。

你們說，這不是耍酷是什麼？

就因爲他太酷了，所以我跟他一個月說不到幾句話，說話的數量之少，我都還能算得出來：一個月會說九十句話，如果是大月，那就是九十三句。

「叔叔，謝謝你。」這是他每天上班前載我去學校上課時我說的，也是每天的第一句話。

「叔叔，我回來了。」這是我放學或補習回家後說的，每天的第二句話。

「叔叔晚安。」這不需要解釋了，我想大家都明白。

而他的回應就是：「嗯」、「嗯」、「嗯」。

多麼簡單明瞭啊！一點都不囉嗦！一點都不浪費時間！

也就因爲如此，我根本不了解他。當時的我心裡只覺得，這眞是一個無聊的家，有著一個每天忙著跟肉燥一起玩的媽媽，還有一個每天只講三句話，字還都是同一個的繼父。說得誇張一點，我家安靜得幾乎可以聽見蚊子在聊天，半夜起床按馬桶的聲音是每天家裡所發出的最大音量，說那是噪音也一點都不爲過。

這跟外婆家有非常非常大的差別。

外婆家每天都很熱鬧，每天都有歡笑，大家一起吃飯看電視，而且中視華視台視都可以看；家裡的讀物種類繁多，漫畫、故事書、中國民間傳說、伊索寓言，還有小朋友知識全書、漢聲小百科等，不會只有連看都看不懂的天下跟遠見雜誌；外公泡茶的時候，一定是全家相聚一起品茗；也不會有人很晚了還不睡，把所有的燈都關了，自己一個人坐在客廳發呆；租錄影帶也是全家一起看，更不可能把星期假日的時間都花在錄影帶上面。

被錄影帶機捲掉時間可眞是一件非常得不償失的事情。至少當時的我是這麼想的。

所以，我曾經幾度躲在被子裡偷哭，我很想回外婆家，但我怕傷媽媽的心，根本不敢把這些話說出口，也不太敢要求媽媽載我回外婆家。

因爲媽媽要接我回去一起住的那天，外婆跟我說：「跟媽媽一起住才是對的，世上只有媽媽好。要聽媽媽的話，別調皮搗蛋。媽媽等這天等很久了。」

就是因爲這句「媽媽等這天等很久了」，才十一歲的我彷彿在剎那間長大了十歲一樣，深刻地了解了外婆的意思。

「但是……跟媽媽一起住，我並不快樂啊。」在深夜的被單裡，有個聲音一直對我這麼說。

王小姐眼裡滿是疑惑地看著我，「你爲什麼不跟媽媽談一談呢？」

「我剛剛說過了，我不能找媽媽談，因爲她知道我一直反對有個繼父，所以她的壓力很大，只想著要賺更多的錢，讓我過好一些的日子。外婆的告誡我也了解，所以我一直沒跟媽媽說，其實我很不快樂。」

王小姐點點頭，表示了解。

那麼，不快樂怎麼辦呢？就找點快樂的事情做吧。

當時的我，最快樂的時刻，就是跟同學在一起，因爲年紀相同、溝通無礙、興趣又相投，於是上學就成了我每天最快樂的時候。

我每天都跟同學玩得很瘋，補習也沒在聽課，租了一大排漫畫到補習班去看，被老師抓了又罵，罵過了還是繼續租。看到同學去撞球間玩得不亦樂乎，我也加入他們的行列，每天在撞球間裡鬼混，常常混到補習時間都過了，才匆匆忙忙地騎上腳踏車到補習班去，去之前還不忘去租一排漫畫。那時候補習時間是晚上的六點到九點半，而學校放學的時間是下午四點，也就是說，這中間的時間，我都在撞球間裡。

瘋漫畫又瘋撞球的結果，我的成績當然亂七八糟。小學拿市長獎畢業的吳子雲已經慢慢地消失在我心裡某個很深很深的角落，國中考進資優班時的驕傲也早就不見了。

混撞球間又租漫畫租到變成補習班漫畫出租小盤商的事情（我租一整排去補習班看，又分租給同學一起看，租同學一本我賺一塊），被補習班老師舉發，他打電話給媽媽，氣得媽媽衝到撞球間去抓人，當場打斷撞球間老闆的五根球桿。

「拜託咧！拜託咧！妳要打小孩也不要拿我的球桿打！」撞球間老闆一邊拉著我媽媽，一邊大喊著。

「球桿是有多貴！我打斷幾根賠你幾根！」媽媽發狂似地在撞球間裡大罵著。

媽媽發狂的結果，就是我背上多了五條瘀血到發黑的傷痕，整整兩個多星期，我都沒辦法躺著睡覺。媽媽因爲這件事情，賠了撞球間老闆一萬塊球桿錢，也因爲這件事情，罰我禁足兩個月。

後來，她甚至把我轉離那所國中，她心想，讓我遠離是非之地，我就不會再墮落。

在撞球間被媽媽海扁的那天晚上，繼父罕見地走進我的房間。那時媽媽早就已經睡著了。

他拿著一罐藥水進來，打開我房裡的電燈。「子雲，你起來，我幫你擦藥。」這是他第一次叫我的名字，那是我國二的時候。在這之前，他都叫我小鬼。雖然他是進來做「擦藥」這個體貼又窩心到令人感動的動作，但他還是跟往常一樣，安安靜靜的。

因爲擦藥，刺激了背上的傷痕，痛得我眼淚一直飆，但其實引發我狂哭情緒的，是我心裡的委屈。「我只是喜歡打撞球，這有什麼不對嗎？」當時的我是這麼想的，我甚至在心裡暗自咒罵媽媽的無理。

擦完藥之後，繼父蓋上了藥水的蓋子。拍拍我的肩膀，摸了摸我的頭，他說：「你媽媽今天晚上是哭到睡著的。她在睡前跟我說，她很後悔打你打得那麼重……」他長長地嘆了一口氣，然後繼續說……

「但是，你要知道，她心裡的痛，比你背上的，要多上百倍啊。」

……還好妳有打我，媽媽。

09

我一直都沒發現，原來繼父是個好人，或者應該這麼說，我一直都沒有機會發現他眞的是個好人。我之前說過，他是個話很少的人。

如果不是我的背上挨了那五下，我可能還沒機會發現，他不是一直都是個冷冷的人。

相反地，他還是個很熱情的人，只是他表達熱情的方式都冷冷的而已。

或許上面那句話非常矛盾，畢竟「熱情」跟「冷冷的」是完全相反的。

但我倒覺得這樣的形容，用在我繼父身上，簡直是恰到好處。

我可以舉例來證明。

有一次，大概是國二還是國三的時候，我考了全班第五名，全校第二十一名。

那是我進資優班之後最好的一次成績。平時我的成績一直都在十幾二十名左右徘徊，而迷撞球那段時間則掉到四十名之後，當時全班才五十個人。

那時院線片最賣座的電影，就是周潤發的「賭神」，而且還是賭神一，不是賭神二喔。

繼父看到成績之後非常開心，但他依然沒有笑，只是摸摸我的頭說：「嗯，你表現不錯，明天帶你去看電影，再買台 CD 音響送給你。」

看「賭神一」的那個下午，全高雄市的電影院通通爆滿，票賣到只剩當晚的午夜場，所有的售票口都貼出告示牌，寫著「電影賭神，晚上十一點前只剩站票」。神奇吧，當年的電影院還賣站票呢！

「子雲，去買兩張站票。」繼父從口袋裡掏出一張五百元的鈔票對我說，當時一張票的票價是一百五十元。「我們快點買完快點進去站好位置。」

我應了一聲，擠呀擠地，擠進那堆有在排隊像沒在排隊的人群中，問了好幾個人，才找到隊伍的尾巴。

但其實哪裡有什麼好「站」的位置，我跟繼父進了電影院之後，走道上全都是人，一個不小心，還會踩到坐在地上的人的手或腳，如果有人買了爆米花跟飲料進去，一定要抱在身上，不然肯定會被踢翻或是撞倒。

那是我第一次站著看電影，當然，也是這輩子最後一次了。直到那天我才知道，年輕時，繼父的左腳曾因車禍而摔斷，復健不完全的關係，所以不能久站。電影放映時，我的眼睛從頭到尾都盯著銀幕沒離開過，根本就不知道他跑到廳外，在廁所旁邊的椅子上坐了很久。直到電影即將結束，他看見清潔阿姨走進廳裡，準備打掃地上的垃圾時，他才回到我身後，拉住我的手，確定我沒有離開或走失。

「什麼？你剛剛說去哪裡？」電影裡，劉德華拉住周潤發的手，瞪大了眼睛問他。

「拉斯維加斯。」周潤發回答。

大銀幕裡，戲已經演到最後幾秒鐘了。叔叔拉住我的手，以防散場的人群推擠把我撞倒。

出戲院之後，他滿頭大汗，我問他說，叔叔你怎麼了？怎麼一頭汗？他只是搖搖頭，沒說什麼。後來我興奮地一直跟他說著電影的情節，他都只是聽，沒有回應我。

「你有沒有看到龍五的槍法？好準啊！」我說。

「……」

「你有沒有看到劉德華帶周潤發到大傻的賭場去，變了一張三出來啊？」

「……」

「你有沒有看到周潤發最後那副牌啊？」

「……」

「賭神出場的音樂好帥，你有沒有聽到啊？」

「……」

「你到底有沒有看啊？怎麼都不知道我在說什麼啊？」

「子雲，眞對不起啊，叔叔剛剛沒有看電影，因爲叔叔的腳受過傷，不能站太久，所以沒辦法一直待在裡面。等賭神的錄影帶出來了，叔叔再租回家，再一起看一次啊。」停紅燈的時候，他回頭對著我說。

我坐在摩托車後面，聽完他的話，整個人安靜了下來，心裡覺得很不好意思，也很謝謝他沒有因爲腳不能久站，就取消了只能站著看的電影約定。

我的第五名成績不只換來了一場電影和一台CD音響，更重要的是，換來了我對他更深的了解。

「所以，他的這些舉動都讓你覺得很感動，讓你開始對他改觀，覺得他是個好人嗎？」王小姐寫完這一段的採訪草稿，抬起頭來問我。

「其實，他有很多貼心或是讓人感動的舉動，而且那些舉動都是非常平常的，平常到你幾乎不太會注意到。但當你注意到的時候，你就會了解，啊！原來一直以來，做了這麼多的人都是他啊！」

「能否再舉一些例子。」

「例如，我補習之後回到家已經接近晚上十點了，媽媽因爲早上四點就要去買菜做生意，也早就睡了，而他總會準備好我的消夜或點心，放在我的書桌上。一直以來，我都以爲是媽媽放的，但其實都是他。還有，他知道我喜歡打籃球，只要我習慣穿出去打球的衣服跟褲子一有破損，下一次打球之前，我的床上總會擺著新的衣褲，那也是他買好的。我打算跟同學出去露營，或是跑遠一點的地方，我的褲子裡就會多出幾百塊錢，那也是他放的。我記得小學時舉辦三天兩夜的畢業旅行，媽媽只讓我帶五百元出門，但我卻在我行李的暗袋中發現一張一千元的鈔票，我以爲是媽媽偷放的，但其實也是他。」

「聽你這麼說，他果然是個好人。」

「呵呵呵，王小姐，妳的語氣中很清楚明顯地流露著羨慕的意味。」我笑著說。

「是啊。雖然我沒有繼父，但就連我自己的親爸爸都沒這麼貼心。」

「但是，眞正讓我深深深深地覺得他是個好人的，並不是這些事情。」

「那麼，是什麼呢？」王小姐又準備動筆了。

「是他對媽媽的愛。」

是的，是他對媽媽的愛。

他對媽媽的體諒與愛護，我想，世界上沒有幾個男人比得上。

我很慶幸，他是個好人，也是個好「爸爸」。

沒了個賭爸爸，換一個好爸爸，嗯……還不錯！

10

在說他對媽媽的體諒與愛護之前，必須再從頭談談我的媽媽。嗯，對，就是那個同學朋友們口中的神媽。

我媽媽之所以被同學跟朋友稱爲神媽，當然不只是因爲她有些事蹟確實讓人敬佩，最大的原因，是她的個性。

前面提過，媽媽在十多歲的時候，雖然脾氣好，但因爲環境與年代的關係，她必須被迫成爲一個獨立又懂事的女孩子，但再從她會自己去念完中學這件事情來看，她有著一種「時勢不一定只能讓我低頭」的勇氣與毅力。我想她這一點是遺傳自外公跟外婆。這股勇氣與毅力，我後來都稱它爲「鬥性」。

就因爲媽媽有「鬥性」，所以她不覺得有什麼事情是困難的。她身邊很多人都認爲她是個不認輸、固執、脾氣硬，又有強烈男人性格的女人。但我只能說，會認爲媽媽不認輸、固執、脾氣硬又像男人的人，都不了解我媽媽！

這世上不認輸的人太多了，固執的人也太多了，路上招牌掉下來，壓死的十個人中，就有八個不認輸又固執。但他們眞的不認輸又固執嗎？「不認輸」跟「固執」只不過是兩個粗淺的大眾型形容詞而已。多半的人會覺得誰誰誰不認輸又固執，或是覺得自己不認輸又固執，但這都只是建立在「能掌握的事情上面」，當事情超出掌握時，有多少人還能「不認輸又固執」呢？

所以，「不認輸又固執」不能用在我媽媽身上，相反地，她是個會認輸的人，而能激起她那固執特質的事情，往往不是她能「掌握」的。所以我才說，她不是「不認輸又固執」，她是「鬥性」太強。

那麼，媽媽的鬥性，是鬥些什麼呢？

她想鬥跟能鬥的東西，如果太小或太簡單，恐怕還引不出她的鬥性。我這麼說，不是為了突顯或是誇讚我媽媽的神勇。我這麼說，其實是在消遣她。

因為，我認為她的鬥性，常顯示出她的魯莽與不可理喻。甚至，她有時會因為鬥性，而做出愚蠢的動作或決定。

我前面提到過，她會與時代和環境鬥，再怎麼辛苦都要念完中學，從這一點就可以看出，不過才十多歲，她的鬥性就已經顯露出來了。她生了我之後，沒錢搭車到基隆，她也覺得那不是問題，反正她有腳，走路一定可以到，只是時間問題而已，所以她會揹著我走到基隆。她知道我一直反對有個繼父，所以她壓力很大，但她也覺得那不是問題，如果我不要一個新爸爸，那她就努力賺錢讓我過好日子，反正過好日子比新爸爸來得重要。

看出我媽媽的問題在哪裡了嗎？

對，她的鬥性使她認定自己的方法很OK，總是可以順利解決問題。但其實呢，她只是把眞正的問題丟在一邊，用她自己的方法來完成她設定的目標。

「錢難賺？再賺就有啦！我念中學比賺錢重要！」

「基隆到不了？錢不夠？用走的啊！都可以到嘛，只是要多花幾天嘛！」

「新爸爸子雲不要？沒關係啊！新爸爸的存在與否，會比新生活重要嗎？」

我敢保證，上面那些自白一定都存在於我媽媽心裡。她總是可以設定好自己的目標，然後用自己的方法加以實踐，即使這方法並不能替她解決本來的問題。

而當媽媽用她的方法，處理了一些不是那麼大條的事情，完成了她設定的目標，她開始覺得她的選擇是對的。也因爲她不斷地成功，所以她開始認爲，「天下無難事，只怕『鬥性』人」。

媽媽的肉燥攤開得很成功，每天都有幾千塊淨利，所以她開始想租間店面來做。店面租下去了，生財器具開始進駐，也因爲擴大了營業，所以請了幾位阿姨阿桑來幫忙。生意依然嚇嚇叫，每天從開門客滿到打烊（打烊時間是下午三點，當時媽媽的店只賣早餐與中餐）。生意好，人手又不夠，媽媽又開始徵人；人徵進來，但地方沒變大，生意一樣沒辦法擴大，於是又租了更大的店面。當然啦！更大的店面就需要更多的人手跟生財器具，所以媽媽的生意愈做愈大，雖然只是一間店，卻是生意很好的店。

最高紀錄，媽媽一天能賺兩萬塊，於是她在高雄市武廟路非常有名，只要到武廟路問問「賣虱目魚的阿惠」，沒有人不知道的（除了肉燥飯之外，媽媽也賣虱目魚，後來也不知道是什麼原因，總之，媽媽的店名就一直叫作「阿惠虱目魚粥」）。

就因為賣出名了，店房東開始漲房租，小漲一點也就算了，他漲房租還給我看心情！三不五時心情鬱悶就打電話來說要漲一下，散步無聊經過看到生意很好，又給我們漲一下。這種漲法確實非常莫名其妙，這麼漲了一兩年之後，房東的嘴臉與勢利讓媽媽覺得愈來愈不舒服。

於是，媽媽的鬥性，在這個時候醒過來了。

那是什麼時候呢？那是一九九三年，也就是民國八十二年，當時股市與房價都位在巔峰的高點，媽媽很快速地決定自己買店面開店，擺脫房東的胡來。當時媽媽名下有兩棟房子，她全部都賣掉變現，再貸了一筆為數不小的金額，買下同樣位於武廟路的店面。

很抱歉，我不能說確實的數字，我只能說那筆金額達八位數字。

這下好了，本來很富裕的媽媽，名下財產頓時縮水到只剩一部轎車，還有一間負債很多的店面，以當時的房貸利率來算，媽媽一個月要交給銀行的貸款金額，接近一個月薪一萬五千元的打工族一年的薪水。

店舖的支出當然不僅僅只有房貸而已，還有水電費、米錢菜錢瓦斯錢，以及每個月要付給員工的薪資，這樣算下來，每個月，店裡的收入至少要有九十萬才能打平。

沉重的經濟壓力逼得媽媽每天都拚到體力透支才回家，回到家就是洗澡睡覺，然後半夜三點起床繼續出去拚賺錢。之所以要三點起床，是因爲她必須到早市去買當天的營業用菜。有好長一段時間，我在家裡只能看見睡著了的媽媽，根本沒機會看到在做其他事情的她。

買下新店面之後兩年，台灣的經濟開始嚴重受創，重創的結果很簡單，就是錢要出去很容易，但要賺回來很難。媽媽每個月的經濟壓力，讓她變成一個脾氣暴燥、容易遷怒，甚至會做出不理性舉動的人。

她的鬥性告訴她：「我不能在這時候放棄，我的青春都在這上面了。」

當年她四十歲，做餐飲業已經十八年。

就因爲這句「我不能在這時候放棄，我的青春都在這上面了」，使得她對每天和她生活在一起的我與繼父，完全失去耐心。

她變得非常易怒，幾句話就可以氣到天花板快掀起來。簡單明瞭地舉個例子，我只是跟媽媽討個五十元的零用錢，她就可以指著我的鼻子大罵，「你怎麼這麼會花錢？你不知道我賺錢很不容易嗎？」但其實我一點都不會亂花錢，我一個星期的零用錢也才三百元。

甚至，媽媽還很喜歡半夜三點把我從床上挖起來，要我跟她一起出去開店跟買菜，她說，這樣我才能體會賺錢的辛苦。

面對媽媽的遷怒，我覺得倒還好，至少我可以騎上腳踏車去找同學，躲得遠遠的，不要回家討罵就好。

但繼父就沒辦法了。

他對媽媽的仁至義盡，從他的第一個重大決定就可以看出來。當媽媽陷入經濟困頓的危機，苦無旁援的時候，他辭掉了建設公司的工作，專心留在店裡替媽媽分憂。

或許你們會想，爲什麼不留在建設公司呢？多一份薪水多一份幫助啊！但繼父說：「多一份薪水，確實是多一份幫助，但那只不過是錢罷了。你媽媽的身體愈來愈差，我如果不在她身邊多注意點，她遲早有一天會無預警地倒下。」

那時我才知道，媽媽的雙腳，已經有了嚴重的骨刺，她的免疫系統也已經開始出現毛病。繼父注意到這些問題，也一直細心地照料著媽媽的身體。很多時候，媽媽一個人出門買菜時，腳因爲骨刺痛到沒辦法走路，繼父就代替她去買，即使菜價不熟，即使他根本不知道菜販的所在位置，他依然不辭辛勞，一家一家地慢慢摸索。

媽媽在店裡工作時，因爲脾氣不好，常會對著員工發飆，最後都是繼父私下找來員工，安撫他們的情緒。甚至媽媽曾經在店裡，當著所有人的面，跟客人翻臉（當然啦！那是澳客），雖然繼父心裡也很討厭這個客人，但他還是出面平息了客人的怒氣。有一次媽媽在路上騎機車跟別人發生小擦撞，她也是發飆完就離開，沒想過這樣算是肇事逃逸，最後也是繼父去向對方致歉。

「冷靜才能做好事情，做對事情。」繼父說。

之前我說過，繼父的付出都在很小很小的地方，他都做得讓你看不見，卻覺得很貼心。

如果不是繼父，員工早就跑光光了；如果不是繼父，客人可能早就帶人來砸店了；如果不是繼父，車禍當時，對方早就告上法院了。

但當時的媽媽，因爲被錢的壓力逼急了，什麼事都不深謀遠慮了，她心裡只想著怎麼賺錢，怎麼把下個月的薪水跟貸款給付出來。

於是，她開始罵繼父爲什麼要抽菸？菸也是錢！爲什麼要租錄影帶？租錄影帶也是錢。爲什麼要買遠見跟天下雜誌？買那些書也是錢！反正只要是媽媽覺得不應該花的錢，通通都成了她罵人的理由。

但，那是一個人最簡單，也是最後的一點點樂趣了。

有好長一段時間，深夜裡繼父一個人坐在客廳的沙發上抽菸，想著許多事情，他依然習慣把所有的電燈都關掉。

我從房間裡偷偷看著那黑暗中的紅色小光點，窗外透進來的燈光照出他吐出來的煙。那時候，我經常在心裡偷偷地問自己，繼父沒有自己的小孩，妻子又這麼地強勢逼人，他還放棄了自己經營二十多年的建築業，他的心裡，是不是也跟我一樣，有某種情緒正在堆疊呢？

「我想，他也很寂寞吧？」我的心裡這麼說。

媽媽的無理取鬧，在我看來，已經變得無可救藥了。

我曾經問繼父，為什麼能忍受呢？除了賺錢，媽媽根本就已經不重視其他的事情了啊！

但繼父點上一根菸，輕輕地嘆了一口氣說：「你媽媽沒有做錯事，那只是她抒解壓力的一種方法。為了生活，這些無奈都是必須忍受的。」

我看著繼父，只是搖搖頭，表示我並不能接受她這種抒解壓力的方法。

但繼父接著說，「你可以想一想，如果債務壓力在你身上，如果員工的生活也在你身上，如果客人找麻煩找到你身上，如果她腳上的骨刺長在你身上，你能有多少好脾氣呢？」

頓時間，我終於了解了。

我的媽媽不是不好的媽媽，她是個勇敢面對困境的媽媽。

而我的繼父是個很好的繼父，他是我們家的心靈捕手，也是媽媽的好幫手。

這一年，我高二，我的繼父不再是我的繼父。

因為我開始認為，他一定是個比我生父更像爸爸的……爸爸。

他是個比我生父更像爸爸的……爸爸！

走失的靈魂

想像著有一天，走在熙來攘往的街上，
一個很熟悉的聲音從背後叫住你，
他說：「你好啊！」
你回頭一看，那是一個許久不見的朋友。
曾經，他離開你的生命時，是那麼地安靜，
靜得無聲無息，沒有告知也沒有原因。

我想問你，
你會用什麼表情迎接他的熱情？

我的答案應該會是，還以一張堆滿笑容的臉，
「耶！是你啊。好久不見了。」

周石和的表情，應該是沒有任何情緒起伏的，
「嗯，啊你怎麼在這裡？」

邱吉會給對方一句很紮實的髒話，
「我咧幹！你是死了是不是？」

至於阿不拉，說真的，我不知道他會怎麼回應。
因為，他非常非常安靜地，
離開了我、周石和，還有邱吉三個人的生命。

嗯，對，沒有告知，沒有原因。

「看來，你繼父在你的生命中演出了一場代表作。」王小姐的微笑告訴我，就算她不曾，也沒有機會領悟，但她完完全全清清楚楚地了解我剛剛所說的一切。

「嗯，我的媽媽也是。」我推了推鼻梁上的眼鏡，「如果生命有金像獎，那我想我的繼父跟媽媽一定是影帝跟影后。」

「喔？」王小姐笑出聲來，「那，評審是誰呢？」

「我。當之無愧。就像我的爸媽拿影帝跟影后也當之無愧一樣。」

「你這個說法相當有意思！把生命的金像獎頒給爸爸媽媽，這確實有一種當之無愧的感覺。只是評審這個角色，似乎除了自己之外，也沒有別人可以擔任了，對吧？」

「是啊。那是百分之百保障名額。」

說到這，我跟王小姐、魏先生都大笑了起來。

「最佳男女主角頒給了爸媽，那還有其他獎項嗎？我的意思是，有沒有人可以拿到你的最佳男配角或女配角獎呢？」王小姐問。

「嗯……」我點點頭，「妳的問題一說完，我的腦海中立刻出現幾個入圍者。」

「喔？原來有人在競爭這兩個獎項。」

「我想，每個人的生命中，都會有一些人可以競爭這兩個獎項的。入圍者永遠都不會只有一個。」

「那麼，你的入圍者是？」

「我的三個國中同學。」我說。

我的入圍者名單，已經寫在這個章節的引言裡面了。

就是周石和、邱吉，還有阿不拉。

曾經，我覺得跟他們認識是被命運惡搞的結果，像是上帝在造人時出了極大的錯誤，但因爲「貨物既出概不退換」的原則，所以這幾個人偶還是被上帝賦予了靈魂。然而，造物主實在不知道該把他們分配到誰的身邊，又有誰能不把他們的存在當作惡夢，所以上帝把我放進去了。我自詡爲他們身邊的天使，給予他們完善的保佑。

只是，對於天使這個身分，他們有截然不同的意見。

「天使？天你媽啦！」邱吉會這麼說。

「來，吳子，請讀我的唇……假賽（台語：吃屎）！來，跟我唸一遍。」周石和會這麼說。

「吳子，別理他們！相信我，我知道上帝派你來，是來解救他們這兩隻迷途的小羔羊的，所以，我相信你是天使。」約莫過了幾分鐘後，「吳子，走，我們去打麻將，我想看看天使會輸多少錢。」阿不拉會這麼說。

他們喜歡忽略我名字的最後一個字，直接叫我吳子。至於爲什麼，我沒問過原因，不過，我猜測是因爲「雲」這個字給他們一種噁心的感覺。

「銬！男生的名字取一個雲字？有夠噁爛的。」我想，他們是這麼想的。

其實邱吉不是個粗人，他也不是個時常把髒話掛在嘴邊的人，他偶爾也會有非常文靜的一面。你或許會有機會看到他拿著一本書，那本書可能是杜斯妥也夫斯基的《福音書》，也可能是米蘭．昆德拉的《雅克和他的主人》，也可能是黃易的《尋秦記》，或是一本簡單輕鬆的漫畫。他就坐在咖啡館裡的吸菸區，輕輕地點上一根菸，在吞雲吐霧之際，一頁一頁地翻看著。那畫面有如一位學者在研究某種艱深的道理，午后的陽光片片鋪在他的髮稍和看似蒼老的背上，伴隨著一些清閒優雅的音樂。曾經，我被那一幕給震懾過。

「幹！」杜斯妥也夫斯基的《福音書》被他丟在一旁，「媽的咧！這本書讓我看到想自殺！」

嗯，相信我，他眞的不是個常把髒話掛在嘴邊的人。

因爲髒話對他來說並不髒，所以杜斯妥也夫斯基的書起不了淨化的作用。

邱吉是數學系畢業的，所以其實他的頭腦一直都是很清楚的。跟他相處久了，開始了解他之後，你會發現，他這個人不只是念數學出身的，還像是個念哲學的。

他最常說的一句話就是「人生沒有什麼意義」，不管是在點菸前或點菸後，或是出遊時走在綠林花草間的美景中，或是開著車子行駛在花東公路的海天一線間，又或是在寒冬中浸泡在白煙裊裊的溫泉裡，他常會說上這麼一句話。

然後下一句話通常是：「所以，等等晚餐要吃什麼？」

你想想，「人生沒有什麼意義」跟「等等晚餐要吃什麼」有什麼關係？或許你花一輩子的時間也想不出問題的答案，但他早就參透了。

「那你告訴我啊！人生的意義跟晚餐吃什麼有什麼關係？」你或許會不服氣地想問問他，聽聽他會說出什麼說服力驚人的答案。

但，他一定會氣定神閒地看一看你，然後微微笑說：「吃過晚餐之後，晚餐就會告訴你。」但在你一頭霧水、吃過晚餐之後仍然得不到答案時，他會好心地想要解除你的疑惑，這時他會問你：「飽了嗎？」

「嗯，很飽。」你說。

「那還有問題嗎？」他說。

這時你依然皺著眉頭表示不解。

「你眞的吃飽了？」

「對啊！」

「這就是人生的意義啊！」他說。

對他來說，吃跟睡就是人生的意義。其他人在追求的什麼大道理，或是某種遙不可及的夢想，或是講得很簡單的人際相處情誼等等，這些大家覺得有意義的事情，對他來說反而都是沒意義的。

「因爲，沒吃沒睡就沒這些。」他說。

所以他很講究吃。所謂講究，指的不是山珍海味，也不是魚翅熊掌，更不是宮廷料理滿漢全席。「好吃」才是重點。

「這不是廢話嗎？」你或許會這麼想，「好吃當然是重點啊！」這時，他就會問你一句，「啊不然你還要要求什麼？」

所以，一客三千元左右的松阪牛肉捲鮮鵝肝的鐵板燒，或是一份一千五百元起跳的龍蝦蒸，還是自助餐館裡一個六十元的肉燥飯便當，路邊攤一顆五塊錢的蒸肉丸，只要好吃，他全都**OK**。

那睡覺呢？

我來舉個例子，你就可以發現，他重視睡覺遠大過於重視吃。

記得在一九九八年，那時我們都還是大學生。某個寒冬裡的深夜，阿不拉開著車，載著我跟周石和一起到台中找邱吉。那時，邱吉一個人在台中的靜宜大學念書，一個人租房子在外面住。

我們打電話給他，「喂！邱吉，我們要上去台中找你，然後一起去奧萬大吧。」

「喔！好啊！那可不可以先幫我帶碗泡麵，或是隨便買個消夜來？」

「怎樣？你是沒有吃飯喔？」

「對，我今天都還沒吃東西，快昏倒了。」

「爲什麼不吃？都已經快十一點了耶。」

「因爲我沒錢了啊。」他說。

大概一個多小時後，我們到了沙鹿，找到他住的地方，買了幾個大亨堡給他塡肚子。

「幹！我不知道大亨堡這麼好吃耶！」他捧著大亨堡拚命咬。

「你幹嘛不吃飯？沒錢是不會說喔？我們匯個一兩千給你還可以。」我說。

「我沒有不說啊。我以爲家教中心今天會給我錢，但是會計小姐請假，要我下星期再去領。」

「那你怎麼會連吃飯的幾十塊都沒有？」我們三個好奇地問。

「我本來還有一千多塊耶。」

「那爲什麼不吃飯？」

他用力地呑下大亨堡，喝了一口水之後，抹抹嘴巴說：「今天的晚餐時間，我跑到東海後面的街市去，站在兩家緊鄰的店舖前，那是一間賣排骨飯的店，和一家棉被行，我考慮了三十秒左右，最後選擇了棉被，因爲我沒有棉被啊！」

我們在往奧萬大的路上，邱吉帶上了他的新棉被，「我終於擺脫蓋一條薄薄的涼被過冬的日子了！」他打開車上的天窗歡呼著。

因爲我們都了解他，所以我們知道他會這樣選擇。當然，我們問過他，爲什麼不從家裡帶一條棉被上台中？他說嫌麻煩，而且他一旦帶上來，可能會蓋四年都不洗。

「喔——」這拖長音的喔，表示我們又了解了。這確實是他會做的事。

深夜三點半，車子開在山間漆黑的路上，除了車燈所能照到的，其他地方都伸手不見五指。阿不拉在開車，其他三個人似乎都睡著了。

「幹！周石豹！你在幹什麼？想偷蓋我的棉被喔？找死！」這時，聽到一陣拳頭打在胸膛的聲音。「這是我全部的財產耶！」邱吉大聲叫著。

嗯，這就是邱吉。我已經盡量介紹得詳盡。

啊！我好像忘了講邱吉的本名。

講到邱吉的本名之前，必須先介紹他的家庭成員：邱吉有一個哥哥跟一個弟弟，還有一個一切順其自然的媽媽，跟一個感覺上好像永遠都會想太多的爸爸。

邱媽媽眞的非常的順其自然，她一點都不擔心她的三個兒子會發生什麼事。邱媽媽甚至跟邱吉說過：「嗯，還活著就好。」

邱爸爸則是一個想太多的人，只是他想的都不太合時宜，也不是太重要的。舉個例子。

邱家取名字是照著祖譜來的，到了邱吉這一輩，輪到了「世」字，也就是中間一定要用世字，第三個字還要算好筆畫。

於是，邱吉的哥哥叫作邱世仁，邱吉則應該叫作邱世民，他弟弟則是邱世賢。

好笑的來了，因爲邱爸爸擔心邱吉長大後，會跟唐太宗一樣殺掉兄弟（請參照玄武門之變），所以他的名字成爲邱家唯一不依祖譜排列取名的人，叫作邱志……嗯……啊！算了！

邱吉就邱吉啦，反正人生沒什麼意義，他叫什麼名字也不是那麼重要啦。

幹！邱吉真的是個不太會罵髒話的人！我沒騙你。

12

我記得，好像在我們都高二了的時候，我才第一次到周石和家去。但其實我沒有進到他家，只在他們家那後面有個游泳池的庭院裡待過幾分鐘。

對，後面有個游泳池的庭院。

第一次到周石和他們家外面時，我還在狀況外。「啊咧？哪一個才是他們家的門？」眼前一共有三個大小不一的門，有木門有鐵門也有像公寓大樓的藝術門，我還裝出怪聲音，這麼詢問邱吉。直到邱吉跟我說，眼前這「兩棟」建築物都歸周石和家所有的時候，我的嘴巴像是說了「啊」字之後忘了合起來，僵滯了大概有三十秒鐘那麼久。

對，就是你們想的那樣，周石和的家境很好，住家是由兩棟五層樓高的建築物併起來的，重點是，這兩棟建築物的寬度並不像普通公寓一樣大約五米，他們家的面寬大概是二十米。建築物後方還有大概七十實坪的庭院，裡面有個不規則狀的游泳池，和非常富麗的假山假水假瀑布，以及一大片人工種植的韓國草草皮。

他家眞正的大門是那個木門，木門上有一排看起來非常昂貴的木頭刻字，寫著「周氏開發大樓」。

所以他是個小開？不。

所以他是個少爺？也不。

他一點都不像小開跟少爺，反而比一個普通人家的孩子更像是普通人家。

「因爲他沒有那種氣質。」邱吉說。

「因爲他長得不像小開。」阿不拉說。

「幹！你們兩個都給我閉嘴！」周石和說。

坦白說，任何人第一眼看見周石和，一定都無法看出他是個有錢人家的大少爺。他穿衣服並不講究，吃也非常簡單，他不會擺出公子哥兒的態勢，也不會有那種狗眼看人低的心態，最重要的是，他不會去製造一個氛圍說：「我家有錢，你們都該羨慕我。」

所以，我們跟他很合得來，因爲他對朋友的態度是誠懇的。

「好像除了誠懇之外，他已經沒有其他優點了。」阿不拉說。

「誠懇？你確定你要用『誠懇』兩個字來形容周石豹？」邱吉問。

「幹！你們兩個找死是嗎？很久沒吃拳頭了？」周石……呃……周石豹說。

一如我在上一集最後一段寫到，邱吉稱呼周石和爲周石豹（其實我們也這麼叫他）。因爲某些原因，所以他有了這個外號。至於原因是什麼，在一本名爲《這城市》的書中曾經談到，所以在這裡就不多贅述了。

周石和是個很喜歡分析事情的人，而且除了分析事情之外，他還很喜歡問問題，只是他問的問題大都很難有個準確的答案。

爲什麼？因爲他喜歡問些沒發生過的，或是根本不會發生的事情。

聽到他的問題，一開始你可能會很認眞地思考，然後很認眞地回答他，但久了之後，你會很想從他腦袋瓜上打下去，然後說句閉嘴。

他問過的問題太多了，我隨便舉幾個例子：

「問你喔！如果你有一天突然中了發票兩百萬，你會怎麼花？」

「問你喔！如果你的女朋友有一天突然跟你說她懷孕了，那你怎麼辦？」

「問你喔！如果你爸爸選上高雄市長，你會怎麼辦？」

這些是他在我們國中時期問的問題，看起來像是當時的年紀應該會有的幻想及好奇。

但長大後的問題卻更奇怪：

「喂！如果林志玲住你家隔壁，跟你是青梅竹馬，你會不會追她？」

「喂！如果美國替中國統一了台灣，你會不會想當美國人？」

「喂！如果有一天你走在路上，結果有個搶匪從你旁邊跑過去，掉了一大包鑽石在你腳邊，你會怎麼辦？」

你可以想想，你會怎麼回答這些問題？而當這樣沒營養，又不可能會發生的問題時常在你耳邊出現時，你會不會想敲他腦袋？

一開始，我眞的會很認眞地回答他的問題，但幾次之後，邱吉跟我說，不要太認眞理會周石和的問題，比較不會神經衰弱。我問他爲什麼，邱吉回答說，因爲他在問題後還會有問題，而當你永遠回答不完，就是你想回敬他一拳的時候了。

邱吉說的沒錯。

我記得有一次，周石和問了我一個很白癡的問題，我也是直到那一次才終於了解，邱吉爲什麼會語重心長地勸我別理他。

「問你喔！吳子，如果有一天早上醒來，你發現自己變成女的，你會怎麼辦？」

終於，我有那麼點了解周石和是個什麼樣的傢伙了。他的腦子裡總是有很多類似的問題，而且他總是先問過自己，才拿出來問別人，因爲他想聽聽別人的答案是不是跟他的一樣。

在我們國中的時候，其實我跟周石和、邱吉還有阿不拉是不熟的，因爲我是轉學生。在他們已經同班兩年，相處了許久，都清楚知道對方的個性之後，我才加入他們的生命。相對地，他們也才正式地走入我的生命。

當時，我對他們的感覺只有一句話：「眞是麻煩人物。」

但憑良心說，國中那一班本來就是個麻煩班級，因爲麻煩人物太多。而他們幾個更是麻煩人物中的佼佼者，所以他們的表現特別突出，我也就特別注意到他們。

當然啦，所謂的麻煩，並不是常幹些壞事，或闖出無法收拾的大禍，他們惹的麻煩，其實都只是些小事，只是常會讓老師們搖搖頭而已。

例如，帶米跟電鍋到學校去煮粥，然後一群同學集資買了一大袋的愛之味罐頭，說要吃一整個星期，結果一餐就吃完了；或是買了幾根老薑，也買了一大包鴨肉，到學校裡煮薑母鴨，後來發現沒帶麻油跟米酒，阿不拉還翻牆出學校跑回家拿，結果一兩個同學因爲不敢吃米酒，幾個人在教室後面爲了米酒發生爭執，下場就是全部罰站跟寫悔過書，悔過書的主旨是「我再也不在學校做料理」。

後來，薑母鴨確實是做了，但是沒幾個人吃。原因並不特別，只因爲太難吃了。那鍋薑母鴨後來被隨便倒在教室後面的垃圾桶裡，那一整天，整間教室都是薑母鴨的味道。

上面的例子只是他們闖的那一大堆禍裡面的一點點而已，其實，他們的點子眞的很多。

有一次，邱吉跟周石和約好，下午四點放學後不參加課後輔導。他們說「不參加」，聽起來似乎很一般，沒有什麼不對，但在那個時候，不參加課後輔導就等於是蹺課，班導師是會打電話回去告訴家長的。

那他們不參加課後輔導是要去哪裡嗎？其實也沒有，他們只是想騎腳踏車到西子灣去玩而已。

「人生能有幾次機會，可以看見那美麗的夕陽？遠得就像在海的最那端，但感覺卻像是伸手就能觸碰呢！」他們把這話說得既浪漫又文謅謅，充其量也只是在爲蹺課找藉口而已。

於是，他們兩個跑到腳踏車停車棚裡，牽了自己的車子，然後想從學校西側最低的那道牆邊，用接力的方式把腳踏車運出去，然後再翻牆爬出去。但好死不死，他們牽了腳踏車之後，遠遠地就看見學校的老師，於是他們扛起腳踏車躲到地下室，再從地下室的另一個出口出來。沒想到又看見訓導主任開始從一樓巡視整個學校，所以他們扛著腳踏車，轉了個彎，上了另一棟建築的二樓。二樓是我們的教室，想當然耳，老師一定會知道他們已經蹺課了，所以他們很快地上了三樓，這時腳踏車依然在他們的肩膀上。他們上了三樓之後，校工正在把三樓那些沒有人使用的教室關上，所以他們又上了四樓，這時腳踏車依然在他們的肩膀上。到了四樓，很幸運地，總算沒有再碰上任何一個教職人員，所以他們很開心地想從另一頭的樓梯下來。

「幹！樓梯鐵門關起來了！」他們在心裡大叫著。

對，腳踏車還在他們的肩膀上。

所以，他們又循著原路走回地下室，躲了大約十分鐘，確定不會再有老師在學校裡走動了，他們才順利地翻過那道牆。

但在這同時，他們也沒力了。美麗的西子灣夕陽並不在眼前，這些辛苦換來的，只是快要軟掉的雙腳、瘀血的肩膀，還有一身汗濕的制服。

「天啊！」王小姐驚呼一聲，「這就是你的國中同學和國中生活？他們會不會太調皮好動了點啊？」

「我不覺得那叫調皮好動，那應該叫作亂來。」我哈哈地大笑了幾聲，繼續說道：「不過，那並不是我的國中生活，我剛也說過，我是轉學生，而這些事情只是我聽過或在旁邊看過的，我並沒有參與其中。」

「所以你是在撇清關係，表示你並不是個麻煩人物囉？」

「不是啦，難道妳聽不出來，沒有實際參與這些事情，我其實是非常扼腕的嗎？」

王小姐笑了一笑。

「這段蹺課經歷的確是滿經典的，我一直到上了大學才敢蹺課，」王小姐放下手上的紙筆，順了順頭髮，「所以我從來都不知道，居然曾經有人蹺課蹺得這麼千辛萬苦的。」

「確實。而且我敢打賭，不管是不是要蹺課，他們這輩子都不會想要扛腳踏車了。」我又哈哈大笑了幾聲。

「但是，其實最會蹺課的人並不是邱吉跟周石和。」我說。

「那是誰呢？」

「這世界上再也不會有人像阿不拉一樣了，至少在我的生命中，不可能有人能跟阿不拉相提並論。」當邱吉告訴我國二上學期，阿不拉蹺課的事跡時，他的眼神中透著把阿不拉當偶像的光芒。

「國二上學期就開始蹺課？」我瞪大眼睛，不可思議地問著。

「不，依他的說法是，國二上學期，他終於領悟出蹺課的奧義。」

「奧義？」我心裡的O.S.是：天啊！蹺課有奧義？

對，蹺課有奧義。我是說眞的。

如果你眞的知道阿不拉怎麼蹺課，又蹺到怎樣的境界的話，你大概就能知道何爲蹺課的奧義。

阿不拉跟他們兩個不一樣，因為阿不拉絕對不會笨到扛腳踏車蹺課。

13

如果在國二上學期領悟出蹺課的奧義，那阿不拉是從什麼時候開始蹺課的？說眞的，答案已經不可考，不過，我認爲那答案絕對會是不可思議的。

阿不拉的本名叫陳凱聲，至於他的外號爲什麼叫阿不拉，我想這就不需要太去追根究柢，畢竟這不是重點，而且阿不拉三個字唸起來還比較親切一點。

從阿不拉三個字的字面上感覺起來，會有這種外號的他應該是個瘦瘦小小、頭髮凌亂、眼睛永遠只張開一半、臉上的表情就是沒有表情，或是可以用呆滯來形容。除此之外，感覺上，他笑起來可能會阿呆阿呆的。

但其實他不是。而且說眞的，除了身高只有一六八之外，其他的部分，以一般標準來評判的話，他都可以用「長得很好看」來形容。所以他爲什麼會叫阿不拉，對我來說也是個謎。但因爲剛認識他的時候，大家就都這麼叫他了，所以我也就跟著叫，沒有探究原因。

我曾經給阿不拉這個人下一個結論，我認爲在他的心裡，有著一本書或是一部機器，是用來量化在他身邊發生的每一件事情的。當某件事情所測量出來的分數低於他自己的標準時，他就會立刻做出選擇，不在意會有什麼後果。

就拿他爲什麼可以在年紀輕輕的國二，就領悟了蹺課的奧義這件事情來說吧。

「上學」跟「留在家裡」兩件事被放到他心裡的那部機器裡測量，他選擇了「上學」，因爲學校裡有同學可以陪他玩。

但他在做這個選擇時，並沒有把「留在家可以睡覺」，或「留在家可以打電動」等參數一併考慮進去，這才產生了嚴重的不平衡，使他做出「上學」這個選擇。

所以，他又把「上學」跟「留在家裡睡覺」兩件事拿到心裡去量化，結果是「留在家裡睡覺」勝出，「上學」這個選項立刻就被刪除。

又，他把「留在家可以睡覺」跟「留在家可以打電動」這兩個參數放到心裡去量化，結果意外地發現，「留在家可以打電動」這個選項的分數高於其他兩件事，所以，「留在家可以打電動」大於「留在家可以睡覺」大於「上學」。

於是得解。

又有一天，他把「跟同學一起出去吃麥當勞」跟「留在家可以打電動」拿來一分高下，又是「留在家可以打電動」勝出。接著，他很天才地把麥當勞改成肯德基，但是答案還是一樣，所以他證明了，不是麥當勞或肯德基的問題。

之後，他又拿出很多事情，例如「跟同學去墾丁玩」、「自己去吃台塑牛排」、「拗周石和請吃台塑牛排」、「跟邱吉去漫畫王」、「跟吳子去打籃球」……等，去和心裡已經蟬聯冠軍許久的「留在家可以打電動」相比，還是打電動贏了。

於是，他開始每天打電動，打到吃也不正常，睡也睡很少，他甚至打電動打到不去學校，連續曠課幾天、幾個星期，甚至月考也懶得參加的地步。

這時，已經有同學封他為偶像了。

那他到底打什麼電動呢？有這麼好玩的電動，讓他冒著被退學的危險，就是要繼續玩下去？坦白說，不是什麼電動好玩，而是只要是電動，他就一定吃得開。他碰過的電動遊戲不下百種，每一種都難不倒他，他幾乎可說是高手中的高手，他還會要求自己，一段時間內一定要全數破關。

對他來說，在電動玩具店、書店裡賣的電動玩具攻略都是垃圾，因為在攻略出版之前，他大都已經用另一種方法破關了。

就因為他玩得這麼無法自拔，惹得老師非常生氣，火冒三丈地拍打桌子問他：「陳凱聲！為什麼你不來上課？你告訴我為什麼！」

他只是不疾不徐地回了一句：「因為『勇者鬥惡龍』比較有趣啊。」「勇者鬥惡龍」是一種 **RPG** 電玩，是任天堂的遊戲，曾經叱吒多時。

這時，已經有同學把他稱作神了。

阿不拉蹺課蹺到什麼地步？剛剛說的什麼幾天幾星期沒上學，月考懶得去的情況只能算是普通等級，因爲他蹺課蹺得太離譜，還曾經逼得老師做出這樣一件事：

我記得那一天天氣很熱，上午第三節課，老師走進教室，第一個目光就是掃向阿不拉的位置。當然啦，阿不拉是不在位置上的。

老師收回目光，深呼吸了好幾口氣，在台上站了大約十分鐘，然後環顧我們所有學生一眼，輕輕嘆了一口氣，問：「你們誰來教教我，老師該怎麼對他？」

當然，我們全班一句話都不敢吭，連跟阿不拉最要好的邱吉、周石和，還有我也都沒說話。我們知道阿不拉的個性，他說不來，沒人能讓他來。

「吳子雲！」老師突然叫我。

「啊……有……有！」我站了起來。

「你知不知道陳凱聲家？」

「呃……報告老師……我不知道……」我撒了謊，其實從學校頂樓看出去，就能看到阿不拉家了。

「周石和！」

「有……」周石和站起來應了一聲。

「你呢？你知不知道陳凱聲家在哪？」

「老師，我不知道……」

「邱志……」老師話還沒說完，邱吉就接口了：「老師，我如果說我不知道，你一定不相信的！就像你現在不相信吳子雲跟周石和不知道陳凱聲家在哪裡一樣。」

我跟周石和有點傻眼，但我們也很清楚，老師根本不相信我們的話。

「所以，老師，你要去找他是嗎？我帶你去。」邱吉站起身來。

「好，來，全班同學都跟老師一起去，我們一起去把他找回來。」

於是，我們全班被老師帶著去「校外參觀」，出發地是學校，目的地是離學校兩百公尺遠的一棟建築物三樓。

「幹！邱吉，你在幹嘛？」在往阿不拉家的路上，我跟周石和拉住邱吉。

「你們放心啦！阿不拉不會開門的，他很會裝死，你們不知道嗎？他一定會讓所有人覺得家裡沒有人在。」

聽邱吉這麼一說，我們才會意過來，知道邱吉為什麼要這麼做。

「你們想一想，老師今天的態勢就是一定要把阿不拉挖出來，如果我們幾個不合作一點，改天全班一起遭殃。阿不拉打死不來，就永遠都死不到他，我們只是陪老師演一場戲，等他放棄了，也沒理由怪我們不合作。」邱吉說。

我說過，他一直都是頭腦最清楚的一個。你看他年紀輕輕，想得多清楚！

到了阿不拉他家樓下，老師動員我們全班四十幾個學生一起在樓下喊；「陳凱聲！陳凱聲！」老師則是一直猛按他家的電鈴。

結果跟邱吉想的一樣，全班同學和老師在阿不拉家樓下喊了二十分鐘，按門鈴按到門鈴再按下去可能會燒掉的地步，還是沒人來應門。阿不拉的鄰居們都跑出來，看看到底發生了什麼事。當老師問他們，阿不拉是不是住在這裡時，他們你一句我一句地對老師說：「陳凱聲喔？是啊是啊！他住在三樓啊，你是他的老師喔？啊找他是什麼事？他平常很乖耶，都會替他媽媽做事喔。」

老師聽完，眼神中露出匪夷所思的情緒，他心裡的O.S.可能是：「這怎麼可能？一個連課都不去上的孩子，會有多乖多聽話呢？」

最後，那一天的校外參觀，就在阿不拉家始終無人應門的情況下結束了。

在那之後，我們私下問阿不拉，他知不知道我們全班都到他家樓下去找他。

只見他吃驚地看著我們，然後說：「有喔？老師帶全班來找我喔？幹，好可惜！」

「可惜啥？」我們非常不解地問。

「可惜我去吃陽春麵了，不然我眞想見識那種場面。感覺一定很爽！」他說。

幾天之後，老師就像放棄了似地，在上課時對全班同學說：「因爲陳凱聲同學嚴重地違反了教育權以及被教育權，還有本校的校規，所以，從下學期開始，我們班會少一個同學了。」

然後，老師就請兩位同學把陳凱聲的桌椅都搬到教室最後面的垃圾桶旁邊。

沒想到，才剛搬完，阿不拉就從教室後面走了進來，全班同學把頭往後轉，包括老師也在講台上回頭看著他，大約有十秒鐘的時間，全班是沒有人動，也沒有人說話的。

阿不拉看了看邱吉、周石和還有我，然後發現自己的位置已經被搬走。他把書包披在背上，像拿外套或夾克一樣地走到自己空蕩蕩的位置旁邊，看一看老師，問了一句：

「啊我的位置呢？誰亂動我的位置？」

這時候，不只是班上的同學已經確定他是神了，我跟邱吉和周石豹甚至還在想，如果他眞的被學校退學，那麼我們打算幫他在操場某個角落立碑紀念。

「不好意思，我打個岔。我能否直接問個問題？」王小姐稍有難色地提出。

「什麼問題？」

「請問阿不拉是……流氓嗎？你們班是當時的放牛班嗎？」

「不，阿不拉不是流氓，他只是一個不喜歡上學的學生。我們班也不是放牛班，相反地，我們班還是升學班，成績只在兩個資優班後面而已。」

「那他爲什麼會這樣呢？」

「我剛說過了，他只是不喜歡上學，他不認爲上學有趣。」

「所以，他後來有升學嗎？」

「這就是他讓我們覺得敬佩的地方。他一直沒把心思放在念書上頭，國一國二蹺課蹺到變神，所以成績當然是全班最差的。但他知道，如果他不繼續升學，他就沒有繼續玩的時間，所以他從國三開始念書，後來還是考上了專科。」

「所以，在國三之前，他眞的都沒去上學嗎？」可見王小姐對他有沒有到學校上學這件事，存有相當程度的好奇。

「其實是有的。但他到學校的目的，也不是爲了上學。」

「那是爲了什麼？」

「女人。」阿不拉說。在一個天氣很好的早晨，我跟邱吉在校門口碰到他，非常驚訝於他的出現。

「女人？」我跟邱吉異口同聲地再確定一次。

「對，女人。」

「所以呢？你是來幹嘛的？」

「我來拿情書給女人的。」他說。

「誰……誰啊？」我跟邱吉又異口同聲地問了一次。

只見他看了我們兩個一眼，然後不是很有誠意地說了一句：「就是女人啦。」

所以，「在家裡打電動」跟「追女朋友」兩件事，是他心裡的冠軍。

14

王小姐抿著嘴，輕輕地笑著，她的肩膀在微微顫動。

「妳在笑什麼?什麼事那麼好笑呢？」我問。

「不，沒什麼，只是我早該猜得到的。能讓這種蹺課英雄到學校上課的，只剩下異性的吸引力了。」王小姐解釋著。

「嗯，妳說的沒錯。但當時的我們並不如現在聰明，所以當他說來學校是爲了女人時，我們心裡其實都有著非常大的疑問。」

「什麼疑問？」

「就是，他喜歡『誰』的疑問。我的意思是，他很少來上課，但卻有喜歡的對象，這實在太匪夷所思了，除了這女孩美若天仙，讓他一見鍾情之外，就只剩另外兩個理由可以解釋了。」

「哪兩個？」王小姐跟魏先生同時發問。

「第一，這個女孩也在玩勇者鬥惡龍。」當我說完這個理由，我同時被兩個人瞪。

「第二，這個女孩就是那條惡龍。」

此時不只是王小姐動手扁人了，連魏先生都在我的手臂上打了兩下。

當然啦，就算那女孩是一條惡龍，但阿不拉終究不是勇者，所以這個理由根本就是瞎掰。更何況那女孩並不是惡龍。

而是眞的美女一枚。

「難怪你會喜歡上她。」這是邱吉、周石和知道女主角是誰之後的第一個反應。

雖然我們無法確定徐志摩會不會蹺課、打不打勇者鬥惡龍，再加上之前我對阿不拉的描述，各位可能很難把他跟徐志摩畫上等號，但在感情這件事情上，阿不拉扮演的卻是類似徐志摩那樣的清純少年。

但是請注意，我說的是「感情」上。在感情上，阿不拉眞的有著類似徐志摩的氣息，關於這一點，邱吉跟周石和一定也都會點頭如搗蒜地連連稱是。

爲什麼呢？因爲從他喜歡的那個女孩子類型，能看出他有著類似徐志摩的氣息。我想，大概只有這樣的男孩子，才會對這樣的女孩子一見鍾情。

我們都叫她小莫。基於保護當事人的原則，我無法透露她的本名（我們只保護女當事人，至於男主角嘛……管他的），姑且就用小莫來稱呼她。

小莫是個怎麼樣的女孩子呢？

她是個非常文靜、有氣質，而且隨時都是公主頭打扮的清純女生，長得乾乾淨淨、清清秀秀的，大眼睛、尖挺的鼻子、時常都很紅潤的小嘴唇，整齊的劉海在她的額頭上隨風飄逸。她是個會坐在樹蔭下看托爾斯泰的《安娜．卡列妮娜》，然後爲了安娜最後跳下鐵軌尋死的結局感到痛心的女孩。她吃東西非常慢，細嚼慢嚥的，像是在縫針車線一樣地小心翼翼。她走起路來，就像個穿著長度剛好碰到地上的長裙的女孩，你看不見她腳步的移動，只能感覺到她緩緩地、速度一致地前進。她說話輕聲細語，聲音柔軟但不嗲氣。她上課不遲到不早退，當然也不會蹺課。她不會打勇者鬥惡龍，當然也不會使用任天堂。她下課直接騎上腳踏車回家，不會到處遛達。她功課優異，一直保持在班上的前十名。

看看以上她的條件，你認爲，誰是能跟她匹配的男生？

「徐志摩。」周石和說。

「徐志摩加一。」邱吉說。

「徐志摩再加一。」我說。

「幹！你們三個給我閉嘴！」阿不拉說。

「好嘛，別生氣嘛。那換朱自清。」邱吉說。

「朱自清加一。」我說。

「朱自清再加一。」周石和說。

「幹！你們三個給我去死！」阿不拉說。

邱吉非常白目地接著說：「啊？朱自清也不要？難不成你希望是孫中山？」話還沒說完，邱吉已經躺在地上了。

好，姑且先不管邱吉的死活。我們拿出阿不拉要給小莫的情書，仔細地研究，順便替他找錯字，也就在這個時候，我們發現阿不拉的文筆其實有著相當的實力。

小莫：

很冒味地寫信給妳。希望妳不要嚇一跳，我沒有惡意，也不是色狼。我只是想用這封信，表達我想跟妳進一步認識的心意。

我知道我們在學校沒有焦集，而且我們也從來沒有說過話。或許妳會說，我沒有跟妳說過話的原因是因為我根本就沒來上課，但是，我想跟妳說，就算是沒有跟妳說過話，我對妳還是一樣有很大的興趣。

就像今天，我特地為了拿信給妳就來學校了，妳難道沒有感覺到誠意嗎？

這樣吧，放學後，我在學校後門等妳，我請妳吃冰，一定要來喔。

陳凱聲

看完之後，我們開始替他改正錯字。

「幹！你是白癡喔！第二個字就錯！還給我寫很冒『味』哩！要不要順便冒煙？」邱吉一邊罵一邊把昧字改上去。

「你看這一句，『我沒有惡意，也不是色狼』，這有必要寫出來嗎？你是怕人家不知道你是色狼喔？」我一邊罵一邊把「也不是色狼」塗掉。

「再來是這個，『焦集』，你是在烤肉喔？還『焦』集哩！交通的交啦！」周石和一邊罵一邊把錯字訂正過來。

「還有最嚴重的一句話，什麼叫『我對妳還是有很大的興趣』？你是在找女朋友還是在培養就業專長啊？興趣哩！你乾脆說你要直接把她娶回家好了！」邱吉叨叨唸著。

等到「處理」完所有錯字和不該出現的句子之後，四個人投票表決，決定由我替他重寫一封情書，原因無他，只因爲我的字比他們三個人的都還要好看。這時阿不拉翻一翻書包，發現沒有帶信封信紙，於是他發揮了他的專長，不到十分鐘，就從家裡拿來了信封信紙，還任我挑選。

我利用上課時間，把他的情書重新寫過一遍。這時老師在台上拚命地調侃阿不拉，「唷！我們的陳凱聲同學終於出現啦！」老師說。但阿不拉完全無動於衷，因爲他的視線正「黏」在小莫身上。老師說什麼，對他而言，根本就像蒼蠅飛過的嗡嗡聲，一下子就不見了。

Dear 小莫：

很冒昧地寫信給妳，希望妳不要嚇一跳，我真的沒有惡意，我只是想用這封信，表達我想跟妳進一步認識的心意。

我知道我們在學校沒有交集，也從來沒有說過話。或許妳會說，我沒有跟妳說過話的原因，是我根本就沒來上課，但是，我想跟妳說，就算沒有跟妳說過話，我想跟妳進一步認識的心意還是一樣。

所謂的進一步，就是我們可以隨時說話、聊天、討論功課，甚至一起去圖書館。很多心事妳也可以跟我分享，我相信我們能成為很好的朋友。等到變成好朋友之後，我們再來決定要不要再進一步，好嗎？

今天，我是為了拿信給妳，才特地來學校一趟的，妳感覺到我的誠意了嗎？

這樣吧，放學後，我在學校後門等妳，我請妳吃冰，一定要來喔。

陳凱聲

我不只是把錯字跟不好的句子都改了，還加了一些內容，我想小莫看了應該會比較容易接受。

「幹！你唬爛！阿不拉怎麼可能跟她討論功課，依小莫的程度，都可以當阿不拉的家教了！你還給我寫去圖書館哩？這會不會太唬爛了？」邱吉跟周石和大笑著。

「嗯。吳子，你果然在唬爛。」阿不拉摸摸鼻子，然後繼續說：「不過，我很喜歡，哈哈哈！」

經過四個人表決通過，在中午吃飯時，由最大膽的邱吉將情書拿去給小莫，之後，我們四個人則跟平常一樣，拿著便當，聚在邱吉的位置上用餐。

相信大家都有一樣的經驗，幾個要好的朋友，中午一定會一起在同一張桌子上吃飯。

然後，我們確定小莫看完了情書，也確定她把情書收到書包裡去。這時她回頭看了邱吉一下，也看了阿不拉一下。坐在阿不拉身邊的我感覺到他在發抖。

「阿不拉，她剛剛有轉頭看你耶！」我說。

「幹！別講了！我心臟快停了！」阿不拉說。

「喂！阿不拉，她把你的信收到書包裡面了！」周石和說。

「幹！都跟你們說別講了！我的心臟……我的心臟……我會死啦！」阿不拉說。

然後，一整個下午，從吃完飯到放學鐘聲響起，小莫都沒有回信，也沒有托人帶口信來，阿不拉就這樣在學校「枯坐」了一整天，直到放學後，他照慣例蹺掉課後輔導課，跑到學校後門等小莫。

「他有等到嗎？」王小姐一臉好奇。

「妳覺得呢？」

「我不知道，你快說啦！」王小姐似乎非常著急。

「那你覺得呢？魏先生。」我轉頭看了看魏先生，想聽聽同樣身為男性的猜測。

「嗯……這……很難說。我覺得小莫不會去，但我希望小莫去。」魏先生兩難地說。

「為什麼你希望她去？」

「因為我覺得阿不拉是個好人啊！」魏先生回答。

沒錯，阿不拉確實是好人，所以他收到了人生第一張好人卡。

但是，勁爆的是，這張好人卡不是小莫送的。

那天放學，小莫沒有到後門赴約。想當然耳，她是個不蹺課不遲到的好學生，怎麼可能跟阿不拉一起去吃冰？

於是，阿不拉在等了一個小時之後，騎上腳踏車，跑去買了一碗他本來就要請小莫吃的八寶冰，然後走進學校，大大方方地走進教室。這時，老師還站在台上。

「小莫，這是要請妳吃的。」阿不拉說。

此時，全班同學的目光都落在他們兩個人身上。

「謝……謝謝……」小莫輕聲地應了一句。

這時，老師說話了。

「陳凱聲，你不上課就算了，還給我光明正大地走進來把妹？還給我送冰？你還眞是個好人啊！」

嗯，對，阿不拉人生的第一張好人卡，是老師送的……

阿不拉的行徑，真是前無古人，後無來者了。

15

「阿不拉眞是一個奇人。」魏先生笑開了嘴。

「其實我的朋友都是奇人，只是阿不拉的行徑接近神佛，比較難以超越而已。」我說。

「那麼，阿不拉跟小莫的戀情，有沒有後續的發展呢？」王小姐問。

「沒有，小莫對阿不拉沒有感覺。」

「那阿不拉一定很傷心吧？」

「嗯，但他的表現很正常，他老是要給我們一種『那不算什麼！』的感覺，但了解他的人總會很心疼，倒不是感情的事，其實阿不拉的家庭，才是讓他養成這種處理傷心方法的原因。」

「他的家庭怎麼了？他曾經跟你們談過嗎？」

「不，他沒有找我談過，但他跟邱吉和周石和談過。」

「那些事他不輕易啓齒？」

「嗯，是的。」

「他一直以來都是這樣嗎？我是說，他面對傷痛時，就只會用掩飾的方式處理嗎？」

「就我看到的，是的。他面對的方法，就像是把不要的東西，拿到一片一望無際的沙灘上，然後挖個洞埋起來。」

「那就不叫掩飾了，那叫作眼不見爲淨。」

「王小姐，妳說得很好，確實是眼不見爲淨。但眞的眼不見爲淨嗎？我曾經這麼問他，但他只是笑一笑。」

「依然用笑掩飾？」

「對，依然用笑掩飾。」

「嗯……聽了讓人難過。」

「嗯，也因此……阿不拉生病了。」我說。

所以，阿不拉也是寂寞的。到了很後來的後來，我才聽邱吉說起關於阿不拉的一些事情。

一些關於阿不拉的寂寞。

阿不拉的父親從來沒有聽過阿不拉叫他一聲爸爸。當然，他的情況跟我不一樣，他的父親依然很健康地活在這個世界上，只是，他從未盡到當一個父親的責任。據邱吉的說法，阿不拉的父親是個酒鬼，長期失業的他，當然沒有任何收入。他回家就是要錢，要到了錢再出去喝，不給他錢就發飆、罵人、摔東西，到了後來就是動手打人。

阿不拉的母親很辛苦，她一個人，帶著阿不拉和他的弟弟妹妹在外面生活，獨自供三個孩子念書，爲了脫離阿不拉的爸爸，她帶著三個孩子跑到外面住，租了一間小小的公寓。

「阿不拉是不叫爸爸做爸爸的。」邱吉說。

「那他怎麼叫？」我問。

「那個人。」邱吉說。

坦白說，我第一次聽說阿不拉是這麼稱呼他的爸爸時，我的雙手起了雞皮疙瘩。這種稱呼像是在叫一個不存在的人，但明明這個人給你帶來很大的影響。我很難想像阿不拉面對他的父親時是什麼樣的表情？又是什麼樣的情緒？

當一個孩子面對家庭暴力時，他會非常困惑，爲什麼他眼中的那個親人，此時此刻會變成一個長著角，有著紅色眼睛，張著像蝙蝠一樣黑色翅膀的惡魔？這些困惑會變成一種很深的恐懼，像是腳踩不到地般，令人驚慌，也像是深夜裡不斷往下墜的惡夢。

當恐懼過後，適應恐懼之後的變化才是一個人最可怕的變化。因爲恐懼對這個人已經再也沒有作用了。

「極度的憎恨。」邱吉說。這正是適應恐懼之後的答案。

阿不拉的憎恨，從他的父親開始，到他的家庭，到他的身世，最後到他的命。邱吉說阿不拉曾經說過一句話：「如果這世界無法公平待我，那把我生出來幹什麼？」

從這話可以清楚了解，阿不拉極度羨慕擁有溫暖家庭的孩子，同時也極度憎恨無法維持家庭關係，甚至破壞家庭關係的人。

「如果有機會讓我看見那個人醉倒在路邊，我如果是開車就會從他身上輾過去，我如果是騎車就會把他壓過去，我手上有什麼都會飛過去。」阿不拉說。

後來我確實感受到，阿不拉的家庭問題，已經嚴重到一種會讓你跟著一起憤怒的地步。

有一次，很多同學一起到澎湖去旅行，那是在兩年前，也是阿不拉剛從大陸回來的日子。阿不拉到大陸工作了兩年，舉辦澎湖之旅的目的，是在慶祝他脫離了共產黨統治。

在回程的飛機落地之後，所有的同學都還在飛機上開開心心地討論著這次旅行的點滴，但在飛機停妥後，氣氛霎時不同了。

機門已經打開，許多乘客都已經解開安全帶，站起身來拿取自己的行李，但空服員卻透過廣播，要所有的乘客留在座位上。大家都還摸不著頭緒的時候，有四個霹靂小組的警員拿著槍登上飛機。

他們毫不猶豫地走到阿不拉的位置旁邊，「你是陳凱聲？」他們問。

「嗯，是啊。」阿不拉一頭霧水地回答。當然，所有的人都一頭霧水。

「請你跟我們走一趟。」其中一個警察輕輕地拉住他的手，示意要他站起來。

我們都異口同聲地問：「阿不拉，怎麼了？」

阿不拉被帶走前只是轉過臉來搖搖頭，他的嘴型說著「我不知道啊」，但沒有發出聲音。

所有同學在下飛機之後，跑到高雄小港機場的航警局裡找他。當我們看見他時，他滿臉通紅，全身發抖地憤怒著，眼睛裡像是要噴出火來。

「怎麼了？」我們在旁邊一直問，但他沒有說話。

「阿 sir，到底怎麼了？我同學做錯了什麼？」周石和轉頭問旁邊的警察。

「別擔心，你們的同學沒做錯什麼事。只是他的家人通報他已經失蹤，所以所有的警察單位都有他的紀錄，但因爲資料建檔錯誤，誤把他分類成治平對象，在這裡我們感到很抱歉。等等只要確定他跟家人取得聯絡，簽過名就可以走了。」其中一個正在打報告的警察回答。

「爲什麼會通報他失蹤？是誰通報他失蹤的？」我們很好奇地問。

「一個叫作×××的人，剛剛經過你們同學確認，這位×××是他的大伯。」

我在阿不拉身旁輕聲問他，「爲什麼你大伯要通報你失蹤？」

阿不拉轉頭看了我一眼，我被他眼裡的憤怒嚇了一跳。「因爲他們家的人永遠都在等著我跟我媽媽出糗……」

後來經過邱吉解釋，我才知道，原來他爸爸那邊的家人，對於阿不拉的媽媽離開家這件事，一直感到很不諒解，所以一直在想辦法捉弄他們母子。什麼大伯二伯，只要是他爸爸那邊的親戚，一天到晚都在等著阿不拉他們家鬧笑話。

我一聽完，當場髒話狂飆，周石和也跟我一起飆。邱吉則是在阿不拉的旁邊安慰他，希望阿不拉別跟這些渾蛋計較。

「別跟這些人計較，你看，他們並沒有把你擊倒。」邱吉對阿不拉說。

「天啊！怎麼會有這麼過分的人？」王小姐氣得跺腳。

「我當初也非常生氣。我覺得這些沒有素養的人眞的讓人不恥！他們爲什麼不想一想，是阿不拉的爸爸不負責任，才害得一個女人要帶著孩子離開家去獨立生活？他們只想著自己的面子，說什麼娶了一個會跑掉的媳婦，說什麼等著看這個女人能怎麼養活孩子，說什麼等著看他們會鬧出多少笑話！」

「我想罵髒話，可以嗎？」魏先生在一旁說。

「可以。」我跟王小姐一起回答。

然後就是一長串的髒話。大家都知道髒話是什麼，所以我就不寫了。

「阿不拉眞的很讓人心疼啊！不過，還好，他沒有被擊倒。」王小姐說。

「不，」我說，「阿不拉倒過了，在他當兵的時候。」

家庭的因素，加上當時他的感情並不順遂，又難過自己無法就近照顧媽媽，阿不拉在當兵的時候，因爲這些陳年累月的傷痛與壓力，幾乎整個兵役期間都待在醫院裡。

對，我在前面有說過，在我們面前，他用笑掩飾了所有的傷痛，所以他生病了。

「是憂鬱症。」邱吉說。

他告訴我阿不拉曾經因爲憂鬱症住院時，是在一年半前，二〇〇五年的年初。

而那時，阿不拉已經跟我們失去聯絡有四個月了。

別當他大伯跟爸爸之流的那種人渣。
如果你身邊有這樣的人渣，請勇敢地對抗他。
所有人都會支持你！

16

我們曾經試著尋找阿不拉，從他的老家開始，再找到新家，然後是他以前所念的學校、有過的同學、可能會繼續聯絡的朋友，和他最後一個工作的居住地，我們都仔細地去找過。

在尋找的過程中，我認為我們離他最近的時候，是跟一個小男孩對話的時候。

那時我跟邱吉在他的新家（其實不新，只是最後跟媽媽弟妹一起住的居住地）樓下，電鈴按到出了火花，燒掉了。一個男孩從巷口騎著腳踏車進來，慢慢地接近我們。他的嘴裡含著一根冰棒，眼神似乎在問著我們，「你們找誰啊？」

「小朋友，請問一下，你住在這一棟嗎？」

「是啊。」他拿著他的冰棒舔著。

「那你認識四樓的人嗎？」

「四樓？」他皺起眉頭，「四樓很久沒人住了啦！」

我的心痛了一下，在他說很久沒人住的時候，似乎有人拿了顆石頭，往我的心牆上狠狠地砸下去。我看了看邱吉，他的眼裡流出一些落寞。

離阿不拉最近的時候，已經很久沒有人住了。

我眞的很想知道，也很想告訴你們，他爲什麼就這樣離開了。但是我不知道原因。若是在退伍的幾年後再一次憂鬱症復發，那他會到哪裡去看醫生？他當兵時的醫院，拒絕了我們用病歷尋找他的要求。我們能了解醫院的運作規則，病患的病歷確實是無法公開，或是提供查詢的。

但我們還是在醫院裡罵了髒話，儘管我們眞的不想罵。

嘗試了許多方法，卻都沒辦法找到人之後，我們能做些什麼？

於是，在許久後的這一刻，我們開始懷念阿不拉。

邱吉曾經用力地糾正過我，不許我用懷念兩字，他說，用等待比較好。他說，我們所有的好同學都在原地等待著，而阿不拉只是一個人去旅行了。就像阿不拉曾經寫過的那一篇〈歲月〉一樣，「把人朝回憶的湖裡丟，一定會漾出驚人的水花。」而我們都在回憶的水花中，一直不動地等待著。

很棒的一句話吧？你說是嗎？「把人朝回憶的湖裡丟，一定會漾出驚人的水花。」

有什麼樣的靈魂的人，就會寫出什麼樣的文字。儘管阿不拉的靈魂，或許只是暫時走失，又可能永遠都不會再走回來。

有時候我會上網看一看阿不拉曾經在班網上寫下的一字一句，眞的很難想像，寫出這些感性又令人感動的文章的人，竟是當年那個連寫情書都會有錯字，而且還會出現不當詞句的國中生。

我曾經跟阿不拉說：「你的感性跟你過去的樣子，眞的天差地別。」

他笑笑地回答我：「因爲我不小心長大了。」

是啊，阿不拉，你確實長大了。但長大後的你在哪裡呢？

阿不拉曾經在一篇他的文章裡這麼寫：

一直喜歡旅行，然後收集相片，蒐羅回憶。也許是雨晴，然後是天清。這種種的片段，我都把它們一一記錄在文字裡，藉以書寫一點點的感悟。

可是，我真的巨細靡遺地記錄了所有心情嗎？我沿著記憶追溯，從很淺很淺的地方開始，到很深很深的心湖。

我想是沒有的。至少還有那麼一點感覺，是我想把它放在心裡，封藏成祕密的。它可以只屬於我個人，也許還屬於我們彼此。一起長大的那些年。

所以我不能，也不可以。我只願意在每次想起某些片段的時候，只盛一瓢豐美的感覺啜飲。那麼剩下的，就成了滿天的星辰，可以只是離我很遠很遠地，落著滿天的星光被我想念。

而我，可以選擇觸及，或是轉身離去。

燕子歸巢的時候，以最輕的姿勢落下；但是那些關於我的記憶，從絢麗回歸平淡的時候，卻重重地墜下，然後留下了一大串的想念需要整理。這時候才知道，情緒已經開始發酵。只是快樂的時光裡，我們來不及，也沒想過要為將來可能倏然趕上心房，那些說不完全的情緒先預作整理。

但是我總想，那親愛的年少，畢竟是可愛的。我也相信，每個人都有自己獨特的回憶想要珍惜。與我一起長大的友伴們，我們利用假期走過的台灣城鎮，每一個地方，我們幾乎都有照片可以回憶。最理想的旅行，我希望是每一次我們難得的見面。

不管現實的風箏把我們彼此拉得多麼遠，但我可愛的朋友們，盡情地釋放情緒，交換生活心得，在困苦中彼此鼓勵，不正是屬於我們特有的默契呀。誰曾經都嫌煩，但誰也不都從成長中知道了「長大」這回事嗎？

我想起了曾經搭過的平溪線，還有那個純樸的屏東鐵道風景線。而我總是在世界落滿了雨的車窗外，攀看著我們過去的那些年。我坐在普通車搖晃的車廂，看著我們車窗裡一群人的反影。從車來人往的都市中，風景一直換成了杳無人煙的荒田。路邊的河堤上，有從日據時代就靜謐地汩流至今的水流，裡面有我隻身在外對家鄉的想念。倒映在水面上的雲影快速閃過，我在車廂裡卻看不清楚。

鄉愁。我已經忘了如何才能適切地形容這個名詞帶起的感覺了。自從像燕子般，飛到離家很遠的屏東那一片廣漠平原，再從那裡回來之後，我就已經忘了如何形容「鄉愁」了。人可不奇怪嗎？過去了的明明知道已經抓不回來，可是偏想在每一段風景裡想念另一段風景。是眷戀想念的感覺嗎，還是真的體驗到了什麼道理？我只是覺得愈來愈不知道了。

理想和現實之間，是不是，總像他們說的那樣，先畫了道水藍色的美麗弧線，然後一切，就被隔離起來，不曾再跨越邊界，只是坐在車窗外忙著想念？

負笈上學的那些年，我們曾一起看過流星雨。今年，我聽說了英仙座流星雨來臨，像潮汛。心裡泛起了無可名狀的情緒。於是我只好一層一層地，剝開記憶的紋理，然後在裡面找到了詩意，還有一點點失落也許可以玩賞。而那些晴日風雨，都還在我心裡面不停地咀嚼著。

循著日記上的線索，想起我們去過幾次貓空，還喝過一次我形容不真切的鐵觀音。我只記得，那個沒有星子的夜晚，我們坐上C的車子，找到隱在蜿蜒山路裡的一間茶坊。那裡的隱匿、雅緻，還有那裡可以俯瞰整片夜景，都是我們喜歡的原因。那山下的整片燈火，不正像載著人們寄託了的滿滿心願呀。因為猜想生命也許只走這一回，所以只好虔誠地生活。很平凡、很簡單的願望，可是，我卻一心嚮往。

我親愛的朋友們，當我揹著行囊，走在屏東縣的老車站上時，你們已經天各一方。那裡深山的芒草滿山遍野，只有我獨自焚一束沉香，默默地祝禱著我們將來還能常常緣聚一起。在很沉很沉的夜裡，那些年可愛的回憶，在我的眼裡卻像開滿了虹彩顏色般的花。你們一定知道我想你。雖然我沒能把文字、把信交到遙遠的你們的手裡。但只要想念，就是天涯也若比鄰的，我親愛的友伴們，是嗎？

現在我回來了。離開家鄉那麼些時候，我回來了。搭晚間最後的一班自強列車。我看著照片，看著自己以前還要青澀許多的文字，想起那年，我們在風裡曾經歡笑，還曾經大聲歌唱的往事。而回憶，好像螢火蟲散著美麗的冷光呵，只淡淡地、暖暖地亮著，招呼著那些美好年歲。

我從來不知道用什麼理由或什麼方式去想你們，才算是一種美好。

「一起長大吧。」如果，這就是理由。那麼關於回憶，但願我將以最輕的姿勢落下，而不再只是重重地墜地。

阿不拉，你知道嗎？

你在我們的回憶裡，一直都是以最輕的姿勢落下，但離開時卻使我們重重地墜地。

曾經你獨自焚一柱沉香，默默地祝禱我們將來能常聚在一起的那個願望，你到底是跟哪個神哪個佛許的？如果讓我知道，我一定會狠狠地拆了祂的招牌。

周石和說，「或許，他不是故意的吧？」他試圖把阿不拉的不告而別說得比較不那麼重。但是阿不拉，當他秤一秤你在他心裡的重量之後，你就會發現，他只是很希望你的故意別太久。

當我們所有的同學都還沒發現阿不拉已經決定離開我們的時候，我們曾經笑著說：「幹！這傢伙這麼難找，我們乾脆傳個簡訊騙他，跟他說誰誰誰已經生病住院了，要他速歸。」

後來還爲了到底要把誰送上這張假病床，而在那裡猜拳，結果周石和以心肌梗塞得到這次的裝病機會。

但……阿不拉依然沒有出現。我們也就開始擔心猜測，他是不是眞的要離開呢？而原因到底是什麼？

有一次，我和邱吉在一家酒吧裡喝酒，無意間聊起了阿不拉。

那是阿不拉消失的第二十個月。

「子雲，你記得我們國中的時候，周石和跟阿不拉都會到我的座位上，一起吃飯對吧？」

邱吉問。

「嗯，記得。」

「那時，我的飯菜裡永遠都會有鹹魚，而阿不拉非常喜歡偷我的鹹魚。」

「他不只喜歡你的鹹魚，他也喜歡周石和帶的雞腿跟大片的排骨。」我說。

「他吃飯好像嘴巴破了個大洞一樣，東西會掉得整張桌子都是，尤其是飯粒。」邱吉說，他在笑，但語氣好落寞。

我拍了拍他的肩膀，邱吉看了看我，點了一根菸，繼續往下說。

「那是一張很重要的桌子。那張桌子把我跟周石和，還有阿不拉的生命，緊緊地連在一起了。」

邱吉的表情和聲音，都透著一種疲累。那樣的疲累，像是某種情緒的堆疊。

我想，如果邱吉的感受很寂寞，那一定是來自阿不拉的寂寞。

燕子歸巢的時候，一定是以最輕的姿勢落下。
但阿不拉的離去，卻把我們重重地摔在地上。

17

於是我想起邱吉曾經跟我說過的一件事，發生在近六年前。當時，邱吉剛接到兵單，他刻意在數學系延畢了一年，但總還是要接受這樣的宿命。因爲晚入伍，所以他是我們所有同學當中，最後一個退伍的。

跟許多曾經要踏入軍旅的人一樣，前一天晚上歡送會裡那刻意壓抑的不捨情緒，總會漸漸地變成某種瘋狂。醉倒在ＫＴＶ裡面或許是一種最常見的方法，但邱吉、周石和還有我，則是醉倒在沙灘上，一旁還有餘燼紛飛的烤肉火。海風把烤得失敗的焦味吹散在空氣中，海浪的聲音立體而清晰，彷彿像是星星在說話。很遺憾阿不拉當時並沒有同行，因爲他已經在部隊裡服役了，只是我們都不知道他已經因爲憂鬱症進了醫院。

隔天早上只剩下我陪著邱吉一起報到。他端著一副什麼都無所謂了的表情，走進高雄火車站，像當初的我一樣，把自己排進廣場旁邊的凌亂隊伍中。

一輛十五節車廂的復興號列車，載了數百名即將成爲新兵的小男生，每一張臉孔的表情都不一樣，有的沉思，有的緊張，除了一些神經比較大條，而且是大條到根本就不知道接下來的日子將難以想像的人之外，其他的，大都只是靜靜地望著車窗外，任那快速倒退的風景，帶著我們前往一個名叫成功嶺的地方。

幾天之後，很意外地，平時身體狀況很好，幾乎很少生病的邱吉竟然得了重感冒。

每天頭痛欲裂、四肢癱軟，全身的筋肉與骨頭像是要被感冒病毒狠狠地剝開一般，疼痛不已，他在一舉一動都很困難的情況下，連吃飯都要同連弟兄替他盛到病床邊。

「我從不曾病得那麼重過。」邱吉說，「在那樣的重病之下，又想起自己身在一個心不甘情不願來到的地方，像是生命與靈魂都被關進籠中的飛鳥，不能再飛翔於藍天之際，那種心力交瘁的狀況，很容易讓人想起不好的念頭。」邱吉像是歷劫歸來一般地訴說著。

「當時，我只有一個念頭，就是我快死了。」邱吉說著說著，自己輕輕地一笑，「要是死在那種地方，我一定會變成怨念很深的鬼魂的。所以我當時只有一個念頭，我要出去找周石和還有阿不拉，因為我心想……」說到這裡，他停頓了一下，吸了一口菸。

「想什麼？」我等不及地追問。

「我心想，如果我眞要在那個時候死去，那麼我希望，當我走到生命盡頭時，最後陪在我身邊的，是他們兩個。」邱吉說。

我忍住了直衝上鼻頭的一陣酸，非常用力地把眼淚吸回眼眶裡。

所以，我不禁猜想著，如果生病的人是周石和，他也會這麼想吧？

相對地，如果生病的人是阿不拉，他也會這麼想吧？

但如果阿不拉真的會這麼想的話，那麼他的離開與消失，就無法成立了啊！

他的電話不是不通，而是通了不接。我們試著用每個人的手機，輪流打給他，心裡猜測著，如果他看到不同的電話號碼，應該就會接起來聽聽看。

但是沒有。

我們也試過用每一個人的公司電話、家裡電話、某間咖啡館的電話、某間飯店的電話撥號，也一樣期待著，如果他看到不同的電話號碼，應該就會接起來聽聽看。

但是沒有。

我們也試過找尋他的弟弟或妹妹，從僅有的某些線索去嘗試，像是從妹妹畢業的學校，到弟弟念過的學校，我們都曾經試著去找出所謂的畢業紀念冊。

但是沒有。

想了很多努力方向卻全數撲空的頭腦裡，我的思緒開始紊亂。「或許，阿不拉就是這麼難找吧。」我在心裡這麼說。

十幾年前，老師帶著全班同學到阿不拉他家樓下按門鈴，集合了四五十人的努力，卻依然找不到阿不拉在哪裡，後來才知道他出門去吃陽春麵。

十幾年後，我們幾個最好的朋友也一樣到他們樓下按門鈴，集合了所有朋友的努力，卻依然找不到阿不拉在哪裡。

那麼，他現在會在哪一個陽春麵攤呢？還是會在哪一家電動玩具店裡？

找了很久之後，邱吉、周石和還有我，當然，還有很多在此沒有提及的同學們，都在一次又一次的聚會中，看著曾經場場都出現的阿不拉不斷缺席，每個人的表情都好落寞。

「就連大笑的時候，都有落寞的感覺啊。」周石和說。

邱吉現在正在台南的科學園區工作，幾乎每一個週末假日，他都會搭火車回到高雄來找同學們聊聊天。

但我曾經在載他到車站搭車回台南的時候，從他走進車站的背影中，看見一種很深很深的寂寞感。

我很想問邱吉，阿不拉的離開，是不是在你心裡觸發了一股龐然無邊的寂寞？

但我後來選擇把問題呑回肚子裡。因爲，我早就已經知道答案了。

後來，我們也忘了在多久後的後來，一個灰灰的天，卻沒下雨的午后，我和邱吉兩個人點著菸，坐在屬於我的咖啡館裡，我們發現了阿不拉最後的足跡，輕輕地，又重重地踏進我和邱吉的心裡。

一直以來，他總是偷偷把感動藏在自己心裡。

18

「他最後的足跡？」王小姐好奇地問著。

「嗯，那是他最後的足跡，在他消失之前。」我說。

「我在猜想，當然不一定會是對的，畢竟他不是我的朋友，我並不了解他……」王小姐右手的食指頂在下巴上，「不過，他會不會其實一直都在，只是因爲某種原因，讓他不敢跟你們見面。」

「這個說法不成立。很抱歉，我必須直接推翻妳的猜測。」

「沒關係，沒關係。」她笑了一笑。

「推翻的原因無他，如果妳看過他寫的文章，妳會發現他不會這麼做，因爲在他心裡，我們之於他的地位，就像他之於我們一樣。」

「嗯嗯，我可以從你剛剛的敘述中了解這一點。」

「嗯。」

「所以，他最後的足跡是什麼？」

「一封信。」

阿不拉在班網上悄悄地留下了一封信，感覺似乎是在寫給每一個能看見這封信的人，因爲能進班網的人只有同學而已。

信的標題是「寫封信給你（妳）」：

無餘寫下一句話，才放下的心緒，又開始佈置了起來。

是的。面對人際，我也不介意留點瓜葛的。因為那樣總有點期盼，是供自己生活的養分去期待。也有很多時候，我只是靜靜地看著別人，用他的方式把我們的瓜葛化去，而不發一語。我知道這世界其實並不完滿，落日餘暉裡，若只能得到一身的孤單，那麼我總還會等，等夜河流過，因為明天還有光會在早晨盛開。

我親愛的朋友，人生的盡頭在哪裡止息我並不知道。然而生命不能重來我卻很清楚。所以我哭泣，是為了讓自己把難過拋散；若是我離去，也一定因為暫時我還要消化回憶中的飽和而已。然後天明，我還會開門把笑臉迎向你們。難過的時候腳步是小慢板，如果快樂了，又變成了輕鬆的小快板。但關於友情，那樣都無礙的，對嗎？

時光總在不捨中顯出她流轉的疾快。當我擺動楫槳，划到你們的心湖那岸時，卻發現你們張開雙臂把歡笑撐開。你們一定不知道，這對一向羞於在阡陌人海中開懷攀談的我，是多麼不容易的事呦。這兒有一朵朵各色各式的花開得滿滿滿滿，一個個年輕的笑顏，是開得那樣地燦爛，於是我整個兒的心，也被某種激動，盈注了一湖心池滿滿呀。

我也相信，人生活的經驗裡，有許多是共同具有回憶性的。也因此我們隔著一條線，或者一整片藍藍汪洋，而產生共鳴。

共鳴聲是很容易敲落眼淚的呦。那是一種超連結，藉由想念，我們為自己和這塊土地裡的千萬盞燈光串連。然後我們的心溫柔了起來，不由得稍微浪漫地遐想。或許，身旁走過的這戶人家裡，那盞掌著的鵝黃色燈光中，有我認識的你，還是妳，正盯著自己的字語、自己的心情吧。或許溫柔地給了回應，輕輕淺淺的一笑，嘴角漾起；或者把快樂敲在鍵盤上，要把得到的快樂，或者感動整個兒說給我聽。

親愛的你們呦，你們可知道，這對一個也是年輕人的我，是多大的鼓勵。

而我只是感謝你（妳）。

夜晚月光看起來若有點輕薄，像是訕笑過去犯過的錯誤，走誤了的歧途，那麼，現在都還來得及的呦。就像我想起了某些人、事、物。千言萬語，也不是一時三刻能寫得完的。可不由分說，那個只是直線逝去的日子該怎麼辦？我為自己的心靈開了一條曲線：逝者已矣，來者可追。既然物是人已非，那麼至少還有空間，可以讓自己去想念，再藉由這種想念去感謝，終於我們發現，幸福其實就在腳下的方寸之圓。它並不需要很多金錢堆砌，也並不需要很多刻板式的條件。

瞧，夏天的陽光昨天還側躺在剛睡醒的沙發上呢，今天秋天的陽光又躡著腳步，從窗外初道晨光灑了進來呀。親愛的朋友們，我只想說，若是我的心此刻也能溫柔，那也是因為你們雙臂裡展開的歡愉，而我發現、於是懂得了喜歡。

我放眼望上藍天，朵朵盡是調勻的牛奶色白雲。光線中，錯聽見了雲移動的聲音。還以為是狗兒悄悄湊近，倏然回望，確知自己正躲在室內一窗白簾內，而狗兒還在角落。那搖落了的聲音，或許，只是自己心裡渴望的或者遇見吧。再往更深層思考裡想的時候，卻矇矇矓矓地，弄糊了室內室外的分別，正像莊周夢蝶一樣。

那麼傷心呢？是不是也可以等時間過去，然後那個時候再來弄清？

曾經和H在烏來觀瀑的畫面，這兩百多個日子以來，也已經被我掛在屋簷上，晾成了想念的模樣了。愛情，別來無恙。現在的我，只在那道怕曬的晨光躲進屋裡，描在地板上的光影中，這麼著問自己。

那麼，那麼方才漱過回憶，眼裡映上的那一朵白雲呢？大概躲進小狗的耳朵裡去了吧。因為錯聽見聲音的同時，我已經將心緒放給沉睡中的牠，行了個親愛的注目禮了呀。剛剛給未署名的信上沾上郵票，忽然想寄信給你們，阡陌裡我素未謀面的你，還有妳。終於笑了一笑，算了吧，屬於鏡花緣的，就歸給鏡花緣吧。地址上的相思無從寄，我想起了圈兒詞，只好笑笑地畫個圈兒替。

木匠兄妹的〈Something in your eyes〉還在我們的腦海裡被輕輕傳唱。新一代的你們，或許聽不見了吧。就像那些尋不回的日子一樣。可是，只要輕輕為自己的青春唱過一回，那也不枉來過一場，相識一場了吧。

寫好了未乾的墨漬，流動的樣子，看起來似乎還想催促我繼續書寫下去。我不忍了。於是就此打住，便此停筆。

我所認識的你們呀，從字裡行間中，我們在乎的，其實只有，那個朱紅色的筆跡，而我們用欣賞的樣子圈起來的，是吧。那麼就讓我，就讓我幻想你們之於人海裡，面對人群時候，是多麼地溫婉可愛吧。何必管什麼山高水遠，天寬地闊呀。其實關於幸福，我已經在知足之中，點點滴滴，聚成了一塘水窪，而那裡面有我，有你（妳），更有路過我們身旁，或者正在文字裡傷心的他。

是嗎？是吧。

我跟邱吉的眼淚瞬間潰堤，咖啡館裡，小野麗莎的輕音樂搭配著我們鹹鹹的淚水，真是不合邏輯。

當邱吉和我都看見對方淚眼汪汪的樣子，並且互罵髒話嫌笑對方幼稚脆弱之時，我感覺到一股很深很深的寂寞感，來自阿不拉的一字一句。

阿不拉，我們非常非常地……想念你。

19

所以，阿不拉的寂寞牽動了邱吉的寂寞，牽動了周石和的寂寞，也牽動了我的寂寞，更牽動了許多他已經斷了聯絡，但卻依然想念他的所有朋友的寂寞。常常，我們在談笑中會提及他的曾經，而他的曾經又是那麼輕易地牽動我們臉上的每一條神經，我們笑的時候，彷彿看見他一起笑著，我們哭的時候，彷彿看見他在看著我們哭，卻像個孩子，天眞地拉拉我們的衣角問：「爲什麼你們要哭呢？」

他在那封留給我們的信裡寫過：「若是我離去，也一定因爲暫時我還要消化回憶中的飽和而已。然後天明，我還會開門把笑臉迎向你們。」

關於這一句話，我跟邱吉都一直銘記著，邱吉還說，如果阿不拉唬爛的話，就算自己死了，也要在地獄的門口等他。於是我問：「如果阿不拉不是下地獄，而是上天堂呢？」

他說：「那我也一定是上天堂的。怕的是天堂的入口太多而已。」

由邱吉的言語中，我發現，那深刻友情的重量，已經讓所有在乎阿不拉的朋友們，都無法拋開了。

「我只能說，祝你們早日找到阿不拉。」魏先生拍了拍我的肩膀，祝福著我。

「謝謝。」

「小魏，你說錯了！」王小姐糾正了魏先生，「什麼祝他們早日找到？你要說他們一定能找到阿不拉。」

「對對對，一定能找到的。」魏先生急忙糾正自己剛剛好像說錯的話，雖然他其實是沒有說錯的。

「吳先生，聽到這裡，我想問你一個問題？」王小姐說。

「妳說。」

「當初你在出版《寂寞之歌》時，有想過這本書可能會替你找到阿不拉嗎？或是你早就有這樣的打算，希望經由書本傳遞感動的力量去尋找阿不拉？因爲我在想，你的讀者們一定都跟我們一樣，爲了阿不拉離開你們的友情而扼腕遺憾著，阿不拉這個角色一定會深植在他們的心裡。說不定，他們會發起尋找阿不拉的運動呢！」

我聽完，先是笑了一笑，接著說，「王小姐，我想，妳比我更適合去寫這樣的一本書，如果妳的目的是想找到阿不拉的話。」

王小姐也是笑了一笑，但沒說什麼，只是看著我。

「不瞞妳說，《寂寞之歌》確實讓我想到，或許這部作品能幫助我們找到阿不拉，但這個想法發生在我『正在寫』的時候。當我寫完《寂寞之歌》，我就再也沒有這個念頭了。」

「爲什麼呢？」

「因爲書名。」

王小姐的表情訴說著她的不了解，於是我繼續解釋。

「書名，是我在寫完這部作品之後，抽過了兩包菸，開著車跑過了十幾個縣市，翻過了十幾座山，走過了幾個公園，住過了幾間飯店之後才決定的。但其實，這本書本來不是書，它只是我的一些感觸。」

「感觸？」

「是的，感觸。從我開始了解什麼是『感覺』之後的幼年，一直到累積了許多『感覺』的現在，我覺得感覺像是一張張、一片片薄得無法單位化的東西，它比羽毛更加細緻，它比纖維更加微小，經過時間的累積之後，它一張張一片片地疊在一起，增加了厚度，增加了質量，所以我們才能在心裡『觸摸』它。」

「所以，感覺的集合便是感觸？」

「嗯，但或許這麼說會更適當……」

「怎麼說？」

「如果感覺是一個個小小的音符，感觸就是演奏曲子的鋼琴。」

王小姐聽完，先是愣了一下，然後笑了笑，表示同意地點了點頭，隨後她又問：「那寂寞呢？」

「寂寞是鋼琴斷了弦的那一鍵，只有你聽得見聲音。」

王小姐抬頭看了看我，「所以寂寞之歌……」

「是我心裡的那檯鋼琴。」我說。

每個人心裡，都有一檯鋼琴。

終曲

什麼樂章，可以彈奏幾十年？
沒有寫曲人，沒有演奏者，
更沒有滿場衣著隆重的嘉賓，
只有你自己。

當音樂聲戛然而止，

沒有人站起身來拍手歡呼，
沒有鎂光燈此起彼落，
更沒有人謝幕鞠躬，
只有你自己。

這部樂章，叫作生命。
而寂寞，是生命的主旋律。

20

「你先前談到了你父母親的寂寞，也談到了你朋友們的寂寞，現在，我們來談一談你的寂寞吧。」王小姐說。

「天啊，」我有些驚訝，「我以爲妳不會問到這個呢！」

「哈哈哈，」王小姐大笑，「吳先生，我們可是記者呢。記者是最會問問題的，而且最會問別人最難回答的問題。」

「但是，你們如何肯定我一定有寂寞能說呢？」

「是你說的啊，每個人都有寂寞的地方。」

「看來，是我挖了個洞給自己跳了？」

「洞確實是你挖的沒錯，但就看你想不想跳囉。」

「我可以不跳？」

「我可以推你一把？」

然後，我就被推下去了。那個我自己挖的洞。

爲了寂寞兩個字，其實，我翻找過許多有關寂寞的書籍和電影。

一九六七年時，台灣的中影拍過一部叫作「寂寞的十七歲」的電影，導演是白景瑞先生，編劇是張永祥先生，演員是柯俊雄和林雁。或許我們都不是很熟悉林雁女士，關於她的資歷，我也只查到她演過「寂寞的十七歲」，和另一部叫作「我女若蘭」的電影。而柯俊雄先生則是台灣電影早期的代表人物，他拍過的電影大約有四十部，現在則是立法委員。

很巧地，在一九八九年，也就是民國七十八年，白先勇先生也寫了一本叫《寂寞的十七歲》的書，描述一個十七歲的少年，在舊式觀念很重的家庭裡，面對任何事情都比他優秀的兄弟，還有似乎很難畢得了業的初三（國三），因而自我封閉，並且做出一些不當的事情。

梁實秋先生也曾發表過一篇名爲〈寂寞〉的散文，他形容寂寞是一種清福，他說：「我在小小的書齋里，焚起一爐香，裊裊的一縷煙線筆直地上升，一直戳到頂棚，好像屋里的空氣是絕對的靜止，我的呼吸都沒有攪動出一點波瀾似的。我獨自暗暗地望著那條煙線發怔。屋外庭院中的紫丁香還帶著不少嫣紅焦黃的葉子，枯葉亂枝的聲響可以很清晰地聽到，先是一小聲清脆的折斷聲，然後是撞擊著枝幹的磕碰聲，最後是落到空階上的拍打聲。這時節，我感到了寂寞。」（摘錄自梁實秋先生〈寂寞〉一文）

梁實秋先生想表達的寂寞，是一種清閒，是一種逃離紛擾的心情。所以很顯然地，梁實秋先生的寂寞跟白先勇先生所認爲的寂寞完全不同，也跟我認爲的寂寞完全不同。這表示，

梁實秋先生明顯的狀況外了。（偷笑）

除了書和電影裡會仔細地探討寂寞之外，這兩個字還有很多種用法。

有人把寵物的名字取名叫寂寞，不知道他的寵物會不會自閉？

有人把寂寞兩個字拿來當作出軌外遇或是劈腿的藉口，似乎增加了外遇這種事情的正當性。但是被抓到的時候，有滿屋子的證人陪伴或許會比較不寂寞。

有人把寂寞拿來寫歌，「寂寞難耐，喔——寂寞難耐——」，好像愈唱愈high，一點都不寂寞。

更有人把寂寞拿來當作偷女性內衣褲的理由。當員警問到「爲什麼要偷女性內衣褲」時，該名落網罪犯竟然回答：「我很寂寞啊！都沒有女人要跟我在一起啊！」

但是，我去找了這麼多跟寂寞有關的東西，卻一直都沒有在這當中找到寂寞。於是我仔細地回想，當我眞正了解什麼是寂寞的時候，我有哪些時候感覺到寂寞？

王小姐在採訪一開始的時候就問過我，爲什麼要寫《寂寞之歌》？

我回答她，「是因爲心裡面那更上一層樓的寂寞」。

我記得那是二〇〇〇年的二月，我躺在成功嶺某棟營舍的某個上鋪，時間是晚上十二點左右，剃了光頭的我，因爲冷風穿進我的蚊帳裡，於是我把那條新的、還沒使用過的陸軍毛巾包在頭上。

我看著天花板，走廊上安全士官桌的燈光微微地透進來，我的鄰兵小劉輕聲問我：「子雲，你睡了嗎？」

「還沒。」

「還好你還沒睡。」

「怎麼了？」我好奇地問。

「我好想找個人說話。」他說。

「嗯？你怎麼了？我可以聽你說。」

「我沒有怎麼了，我只是想找個人說話。以前在外面，無時無刻都有朋友親人陪在我身邊，我很喜歡跟他們說話，也很喜歡聽他們說話；但是到了這裡，我一整天就只聽到那些班長在喊，『通通給我閉嘴！除非我叫你說話，否則嘴巴都別給我張開！』、『在這裡，不該是你們說話的時候，通通都給我當啞巴！』、『媽的混帳！叫你別說話沒聽到啊！』，但是，我眞的很需要跟別人說話啊。」

「嗯，我了解你的感覺，明天開始，我每一堂下課都陪你說話。」

「謝謝你，子雲。」

但是，才沒幾天的時間，小劉的感謝甚至還在我耳邊迴盪，他就被帶到國軍醫院去，一直到我們都抽好籤要下部隊了，他仍然沒有回來。

聽班長說，小劉得了一種病，只要一緊張害怕，或是惶恐，就會不停說話，眼神無法聚焦，身體會微微地顫抖冒汗、四肢僵直，說的話也沒人聽得懂。

我跟他相處了好幾天，幾乎每一分每一秒都在他身邊，每一節下課，他就會一直一直跟我說話，他跟我說了好多事，關於他的家人朋友親戚兄弟姊妹、他的同學、他在學校的情形、他打工所發生過的事……

但他卻突然間不見了。

於是，他被留置在醫院的那天晚上，我躺在床鋪上，耳邊沒有他說話的聲音，我突然覺得好寂寞。於是，這份寂寞引發了連鎖效應，我突然想起好多好多，我曾經感受到的寂寞。

「是小劉引發了我那些更上一層樓的寂寞。」我心裡這麼說。

這天晚上，冷風依舊，陸軍毛巾依然包在我的頭上。

吳子雲書寫吳子雲的寂寞。

21

高三上學期時的那一次社團迎新露營，跟往常一樣，選在澄清湖青年活動中心舉辦。

照理說，高三的學長姊們是不需要到場的，畢竟前途重要，待在家裡念書比較實際。但我承認，我是個不太實際的人，所以那一次的露營，我還是到了。

社團裡大概有二十個高三的學生，結果，當天現身的人數約有一半。原來不太實際的人有那麼多。

到了營地之後，我並沒有幫任何忙，會參加迎新，純粹只是不想待在家裡，面對死氣沉沉的白色桌燈，以及那些已經翻了又翻看了又看念了又念的教科書和參考書，所以我找了一個冠冕堂皇的理由，「正在露營的學弟妹們需要高三學長姊的照顧」，在晚上七點多的時候到了營地。

營火晚會正開始。

看著那群圍在火堆旁唱歌跳舞的男男女女，我回想起自己高一高二的時候，也一樣是那裡面的一員。那時候，我還爲了追求一個同學，在營火晚會結束後，邀她一起去散步看月亮。很意外地，她竟然答應了，我的心跳從那一秒鐘開始加速。

然後約定的時間一到，我在約好的第一個帳篷前面等她，結果她一共帶來了六男四女，兩個人的散步之約，頓時變成一群人的散步之「團」。

我的心跳差點在那一秒停止。

當然啦，我後來還是很開心地跟她聊天，回到學校之後，也常在下課時間到她的教室找她。但沒幾天的時間，她已經是別人的女朋友，而她的男朋友就是那天晚上參與散步團的其中一個。我猜想，他能追到她的原因，應該是他高一的時候就有摩托車吧。

「你在聽什麼？」不知道從哪兒竄出來的學妹問我。她突然間出現，從後面拍著我的肩膀，我差點沒被嚇死，整個人跳起來，耳朵裡的耳機都被扯掉了，手上的隨身聽還差點掉進溝裡。

「哇銬！」我大叫了一聲。

「啊啊！抱歉抱歉，學長！眞不好意思！我不是有意要嚇你的！」她急忙對我道歉。

「沒關係沒關係，還好我心臟夠力。」

「你沒事吧？」

「我沒事。」深呼吸一口氣後，我定了定神，然後把耳機塞回耳朵。

「你在聽什麼啊？」

我回頭看了她一眼，拿下一個耳機交給她。

「瑪麗亞．凱莉。」我說。

她把耳機塞到她的耳朵裡，然後坐在我旁邊。因爲我拿給她的是左耳的耳機，因此她便在我的右手邊坐下。

「那這首歌的歌名呢?」

「〈Without you〉。」

「這不是一個樂團唱的歌嗎?」

「是啊,空中補給先唱的。」

「那她爲什麼還要唱?」

「妳問我我問誰?」

「你不知道的話幹嘛聽她的專輯?」她轉頭,眨了眨眼睛問我。

我也轉頭看了看她,心裡覺得這學妹挺怪的,「妳去路邊吃牛肉麵,都知道那碗麵是怎麼做的嗎?」

「不知道。」她搖搖頭。

「那就對啦!吃牛肉麵不一定要知道怎麼做,聽音樂也不一定要知道爲什麼歌要換人唱吧?」

「因爲我不吃牛肉麵啊。」她說。

我聽完愣了一下,原以爲這個話題應該要結束了,沒想到她居然回我這句話。

「好吧。那改豬腳麵線好了。」我隨口說說敷衍她。

「我也不吃豬腳麵線。」她又回了這一句。

我又轉頭看了看她，她用非常肯定、堅定的眼神看著我，又補了一句，「對，我不吃豬腳麵線。」彷彿她感覺到我對她的答案有所懷疑。

「喔……好。我並沒有懷疑妳不吃豬腳麵線這件事，妳不用說兩次。」

「好，我以為你懷疑我。」

「我沒有懷疑妳。既然妳不吃牛肉麵，也不吃豬腳麵線，那換成排骨飯總可以吧？」

「我也不吃排骨飯。」

哇銬！我是見鬼了嗎？這學妹怎麼這麼奇怪啊？

「那妳到底吃啥長大的啊？」我感覺我的表情很扭曲。

「你誤會了，學長。而且你不要用這個表情看我，很醜。」

我的眼睛頓時扁了起來，「誤會啥？」我雖然提出疑問，但是這時候，我心裡已經有點想趕緊離開這個地方了。

「我吃素啦。」她說。

「從出生到現在？」

「對啊。」

「喔。」我應了一聲，這下謎底全部都解開了。

「所以，我不吃牛肉麵，不吃豬腳麵線，也不吃排骨飯。」

「哎呀！好啦好啦隨便啦！總之我不知道爲什麼瑪麗亞．凱莉要再唱空中補給的歌啦。」

我有些煩躁地說。

「別生氣嘛，學長。」

「我沒生氣啊。」

「有，你有生氣。」

「我沒有。」

「你有。」

「妳！」我把耳機摘了下來，然後轉頭看著她說：「現在是晚會時間，妳怎麼在這裡？」

我試圖要用學長的威信，把她送回營火旁。

「我覺得那個不好玩啊。」

「那妳來這裡跟我爭辯一些有的沒的就比較好玩？」

她看了看營火晚會那一群好像被什麼山神附身，不住鬼吼鬼叫的人之後，再轉頭看了看我，「確實是這裡比較好玩。」

「好吧。那拜託妳，別再問我怪問題了。」我把耳機放回我的右耳。

「學長，你叫什麼名字啊？」

我轉頭看了她一眼。

「這是怪問題嗎？」她睜大眼睛問我。

「不是怪問題。」

「那你可以說嗎？」

「吳子雲。」

「學長，你的名字眞好聽。」

「謝謝誇獎。媽媽會取。」

「學長，我的名字也有個雲字。」

「喔，好，恭喜妳。」

「你不想知道我的名字嗎？」

「妳可以說啊。」

「我叫謝蓓雲。」

「妳好啊，謝學妹。」我伸出右手，她也伸出右手，彼此握了一握。

這是我跟蓓雲的第一次見面。

那是個夏夜，耳邊有著營火晚會的歡呼聲、瑪麗亞·凱莉的歌聲，還有蓓雲的笑聲。

那年我高三，她高一，我們差了兩歲，教室差了兩棟那麼遠。

她是個很完美的女孩子。

22

謝蓓雲有個長得很可愛的同學，她的個子很小很小，瘦瘦的身軀，小小的骨架，頭髮也很短，臉只有半張A4那麼大，但光是她的眼睛，就好像佔了臉的一半面積，小鼻子小嘴巴，自然捲的鬢角刻意留長，造型看起來一整個日本氣息。

本來我是知道她的名字的，但因爲她實在長得很像娃娃，所以我後來幫她取了一個外號，叫作日本芭比。她本來不太能接受，一直嚷著要我叫她台灣芭比，然後我帶她去看了一些檳榔西施，跟她說那個才是台灣芭比，她就很感謝我，並且開心地接受了日本芭比這個外號。

因爲一樣都是樂隊裡的鐘琴手，也是同班同學，所以她們兩個的交情很好，簡直是孟不離焦。我常看到她們手牽手，一起在放學後來參加樂隊練習。下午放學後，盤踞在活動中心後廣場的，大概有兩種人，一種是來參加樂隊練習的學生，另一種則是三三兩兩爲伴來散步，手裡一定會拿著扇子搧風的爺爺奶奶們。後廣場的空氣中迴盪著爺爺奶奶們的交談大笑聲，還有一大堆樂器的雜奏，有小喇叭、薩克斯風、法國號、拉管、黑管等等，那些聲音聽起來像是幾百個鍋碗瓢盆一起摔在地上。

但是，大都只有她們兩個會練習到天黑，其他的樂器手則都已經離開，那些爺爺奶奶也早就回家吃晚飯。直到活動中心後廣場只剩下兩部鐘琴在叮叮噹噹地敲打著，學校也只剩下後門是開著的，她們才願意騎上腳踏車離開。

我常在離後廣場有一個操場那麼遠的圖書館裡聽見那最後的鐘琴聲，那幾乎是我高三那年，夏夜華燈初上之時最忠實的陪伴。

後來，夏天的腳步聲愈來愈遠，十月中旬的傍晚，走進學校散步的爺爺奶奶們手上已經沒有了扇子，我們才突然想起，夏天都已經要離開了，我們竟然還沒去墾丁。

冒著聯考成績可能會如壯士般一去不復返的危險，我還是參加了那個墾丁團。媽媽說我找死，爸爸說我心臟很大顆，外公外婆則是很狀況外地打電話來提醒我，千萬小心別曬傷了。於是，十幾部機車，二十幾個人，不像聯誼一樣需要女孩子來抽鑰匙，你想坐誰的車，你就直接上他的車。

說也奇怪，竟然沒有發生兩個女生同搶一部車，或是兩個男生都想載同一個女生的尷尬。所以，謝蓓雲上了我的車，日本芭比則讓另一個吹拉管的學弟載著。

「我剛剛好怕有學姊或同學上了你的車耶。」在路上，謝蓓雲這麼跟我說。

「為什麼啊？」

「我想坐你的車啊，這麼簡單的原因還用問嗎？」

「爲什麼一定要坐我的車?」

「因爲我喜歡Jog啊。」

聽完，我看了看學弟妹們的車子，確實只有我的車是Jog。

「一二五C.C.的車子還滿大的，比較好坐，妳怎麼會選Jog?」我好奇地問。

「因爲Jog好看啊。」

「那給妳騎。」我故意逗她。

「好啊!你下車，你去給一二五的載。」她說。

「哇銬!我隨口說說妳當眞喔?」

「我隨口應應你當眞喔?」

「……」

比起以往的墾丁之行，這一趟旅程似乎多了許多波折，學弟在出發前自信滿滿地訴說著跟他征戰多少沙場，輪下走過多少里程的五十C.C.小機車，在剛抵達枋寮時就冒煙了。很帥的是，他向附近的店家借了電話，打回去跟他爸媽報告:「我替我們家的小機車找到了一塊非常優美的長眠地。」言下之意，就是他一點也不想把這部車騎回去修。

另一個學弟則是衰到爆胎，花了一半旅費在換他的輪子。

經過南灣的時候，時間已經是中午，墾丁的太陽依舊像夏天剛到一樣火辣，我們照慣例到墾丁的麥當勞吃午餐，然後再折返南灣，準備下水。

除了我之外，幾乎所有的男生都沒有帶長袖的衣服或是襯衫防曬傷；相反地，幾乎所有女生都帶了長袖的衣服或襯衫防曬傷，只有謝蓓雲沒有。所以我們在玩水的時候，謝蓓雲不是躲在有陰影的地方，就是除了頭之外，身體全都浸在水裡。

看她玩得這麼小心翼翼，我覺得挺難過的，想一想，自己是個男生，曬黑了也無所謂，所以我就把我那印有NIKE大籃球圖樣的運動長T恤脫給她穿，自己只剩下一件短T恤。

「那你怎麼辦呢？」謝蓓雲用不太好意思的表情問我，她甚至還沒接過我手上的衣服。

「沒關係啦，我是男生，不怕曬。」

「但是，太陽眞的很大呀。」

「沒關係啦，妳快點拿去穿，免得我改變主意。」

「那我問你，如果你曬傷怎麼辦？」

「我不會曬傷啦！」

「那如果曬傷了呢？」

「我如果曬傷就隨便妳好不好？」

「我才不要你隨便我呢！如果你曬傷，我要替你剝那些脫皮。哈哈哈。」

「好啦好啦。」

「那如果你要把衣服拿回去穿，一定要跟我說喔！」

「好啦好啦。」

結果我不但曬傷了，還嚴重到脫皮，肩膀手臂額頭鼻子脖子後方跟臉頰，還有最痛的耳朵上方，全都在脫皮。

回到家，我就感覺皮膚像是被熱水燙過一樣刺痛；洗澡時，我的臉糾得像顆包子；洗臉的時候，鼻子跟額頭好像有千百隻螞蟻在咬，怎麼洗都洗不完。

隔天星期一到學校時，我根本不敢到樂隊室去，我甚至希望我能像回教姑娘一樣，把臉蒙著不讓別人看見。

結果謝蓓雲跑到我的教室來，她沒讓我看見，只叫我們班的同學來跟我說「外面有人找你」。

我一走出教室，她就用一副贏了的表情對我說：「你看吧，我就說你一定會曬傷的。」她指著我的臉。

「又不是只有我曬傷，幾乎所有的男生都曬傷了啊！」我試圖多拉一些人來當墊背，這麼一來，我好像就沒那麼倒楣了。

「但是，跟我打賭的只有你啊！」她說。

「好好好，妳贏了，可以了吧？」

「那你答應我的事還算數嗎？」

「啊咧！這已經很痛了，妳還要來剝皮喔？」我說著說著，害怕地退後了兩步。

「誰要眞的剝你的皮啊？很噁耶。」

「那不然呢？」

「這個藥拿去擦啦。很有效喔！」她遞給我一瓶藥，然後拍拍我的肩膀。

「哇！」我痛得大叫。

「啊啊！學長！抱歉啊，眞不好意思，我不知道你的肩膀也有曬傷。」

「沒關係沒關係，妳快離我遠一點！」

「不好意思喔！你別恨我喔！」她說完，快步離開三年級的教室。

我不知道人與人之間的情感會在什麼樣的情形下發生變化，會不會就算是在非常普通的相處與交談中，也會出現微妙的反應呢？

我的曬傷因爲擦了她給的藥而痊癒之後沒幾天，日本芭比在樂隊室裡偷偷交給我一張紙，她交給我之後，很快地把右手食指放在嘴唇上，示意我別說出去。我看了看那張紙，又看了看她，完全不解那是什麼情況。

「你看了就知道。別跟謝蓓雲說喔。」日本芭比在我耳邊小聲地說。

我打開紙條，看了一看，原來那是她跟謝蓓雲上課時偷傳的紙條。

「現在才想起來要問妳，妳有拿藥給子雲學長了嗎？」很明顯地，這是日本芭比說的。

「拿了啊。」

「難怪，他看起來好像已經好了。」

「是啊，那可是祖傳祕方呢！很有效吧？」

「哪個祖傳？」

「我也不知道……」

「……」

「喂！我問妳喔，妳覺得子雲學長有女朋友嗎？」

「妳說呢？看他那副笨樣，怎麼會有女朋友？」

「那妳覺得，我如果跟他說我喜歡他，他會怎樣啊？」

「他會打妳，然後跟妳說：妳是笨蛋嗎？在亂想什麼啊？」

「眞的嗎？妳是說眞的嗎？妳覺得我會被他拒絕嗎？」

「我怎麼知道？妳問我我問神啊？不過，我想問妳耶，謝笨雲。」

「問就問，別叫我謝笨雲。」

「妳爲什麼喜歡他？」

「我也不知道……我甚至不知道那種感覺是不是喜歡……」

「什麼感覺?」

「去墾丁的前一天,我興奮得睡不著,一直想著明天就能跟他一起出去玩,那種感覺好奇妙。我坐在他的Jog後面,看著他騎車時的背影,就有一種想抱著他、靠在他背上的感覺。我看到他因爲把衣服借我,自己卻曬得脫皮,我就好難過……」

「我覺得妳在發花癡了,謝笨雲……」

然後,看著這張揉得一團爛的紙條,我大概可以想像謝笨雲把紙條揉成球之後,丟向日本芭比的樣子。

她真的是個很完美的女孩子。

23

這件事被我偷偷放在心裡,當作祕密有兩個多月之久。偶爾日本芭比會再拿一些她們上課時偷傳的紙條給我,只要上面有提到我的部分,她都會保留起來。而那兩個多月的時間裡,我開始因爲功課和聯考壓力,減少了去樂隊室閒晃的次數,但每次去,我都會看到謝蓓雲,每次我都會跟她開玩笑地嬉鬧。

而她喜歡我的這件事情，我一直放在心裡。對當時的我來說，那是一種驕傲，雖然我並不知道該驕傲什麼。有時候跟她不小心四目相接，我會感覺到緊張。有時候看到她一個人，在黃昏時側對太陽認眞練習的表情，我也會突然生起一種好感。我喜歡看她翻動著樂譜的手指，想像那纖纖細長的手指，在鋼琴的黑白鍵上跳躍的樣子。

她說她學過幾年鋼琴，後來家裡的鋼琴送人了，她也就沒有再碰。我曾經聽到她在學校活動中心後面的貴賓室旁，用那檯鋼琴彈奏過一首曲子，我聽出那是當時很紅的《東京愛情故事》的主題曲。只是她彈得七零八落的，我想應該是沒有譜的關係。

其實日本芭比問過我，是不是也喜歡謝蓓雲。我記得當時我給了她一個「怎麼可能」的表情，但或許是我的眼神不夠肯定，表情也演得不夠逼眞，她伸出手指著我說：「子雲學長，你說謊。」

但是，我眞的說謊嗎？其實我也不知道。因爲我不知道她那偶爾吸引我的目光、偶爾牽動我的心跳的某些舉動和畫面，是不是就是喜歡？

冬天到了，我最怕的就是那種一大早就要離開溫暖被窩的感覺，好像在考驗身體對靈魂的忠誠度一樣。因爲你的靈魂告訴你，一定要起床念書，不然大學之路會跟你說「拜拜」；而你的身體會用抗議的語氣對靈魂說，「媽的，很冷耶！你有沒有良心？」所以，如果你起床了就是對不起身體，如果你沒起床就是對不起靈魂，而我每天總要天人交戰一次。每次鬧鐘鈴響時，我都會看向窗外，在心裡嚷嚷著，「幹，太陽還沒上班耶！我就得起床開始念書。」那是凌晨五點的鈴響，當時我每天的第一次自修時間。

我總要裹著厚厚的被子，拖著還沒醒過來的身體，到浴室去用冰冷的自來水澆醒自己臉上的五官神經，然後才能眞正睜開眼睛，穿上外套，坐到書桌前，拿出那天已經排定的進度，開始兩個小時的複習。

當時我到學校的時間大概都是七點二十分左右，走到我的教室之前，一定會經過樂隊室，所以我都習慣繞過去看看，除非當天有非常重要的考試，否則我都會利用樂隊準備升旗典禮伴奏的名義，躲在裡面補眠。

有一天，我記得是耶誕節的前幾天，謝蓓雲在樂隊室裡拿了一顆飯糰給我。她的左手提著鐘琴和敲鎚，正要到操場去準備升旗典禮，右手遞出那顆裹著熱氣的飯糰，「給你吃。」她說。

「爲什麼要給我吃？」

「我多買了，吃不下，所以你幫我吃。」

「妳是眞的多買了，還是算到我肚子正餓著？」我摸著肚子問她。

「我是眞的多買了。」

「那好吧，謝謝妳。這個多少錢？」

「不用錢，我請客。」她笑咪咪地說。

「那妳也眞小氣，請客就請個飯糰，沒有更體面的東西嗎？」

「有啊。我可以請你看電影。」

「喔？電影？這倒是非常體面。」

「這表示你答應了嗎？」

「答應啥？」

「讓我請你看電影啊。」

「喔？妳是說眞的啊？」我還以爲她是在開玩笑的。

「眞的啦。」

「喔，好啊！什麼時候？」

「耶誕夜吧！二十四號晚上。」

說完，她就跑開了，樂隊室裡剩下我一個人在啃著她給的飯糰。

啃著啃著，我發現我被她給唬爛了。因爲我在那顆飯糰裡吃到肉鬆，而她告訴過我，她是個全素食者。

跟她一起去看電影那天，高雄市的鬧區像是個大型的露天避難所。爲什麼這麼說？因爲人多到你很難往前走一步，每個人都想往同一個地方擠，感覺就像是在逃難。

這天的晚餐是在一家素食餐廳吃的，因爲小時候跟外公外婆住，而他們信仰一貫道，所以我跟著他們吃了十年的素食，過了許久之後，再一次體會到正餐中沒有肉類食物，倒也不覺得奇怪。

「妳爲什麼要吃素啊？」用餐時，我好奇地問。

「因爲我信佛教啊。」

「妳全家都信嗎？」

「呃……說起來有點尷尬，我媽媽跟我信佛教，我爸爸跟我妹妹不信。」

我聽了之後非常不解，「你們那是什麼家庭啊？」此刻我的表情一定很怪。

「我知道你一定會覺得怪，但我們家走的是信仰自由主義，所以不會逼迫家人一定要跟著家庭信仰。」她很正經地說。

「那我就好奇了，就像現在這樣，全家一起吃晚餐的時候，是分成兩桌吃？還是煮飯的時候就分好素葷兩種廚具在做飯？」

「都不是。我們自從信仰不同之後，就不再一起吃飯了。」

「不再一起吃飯？」我重複一次她的話，以確認自己沒有聽錯。

「對，我們不再一起吃飯。」

我的下巴有點接不回來，她則是笑得很開心，「你有那麼吃驚嗎？」她說。

「這還不吃驚？我都覺得你們根本不像是家人了。」

「不然像什麼？」

「像房東跟房客啊。房東吃葷房客吃素，你吃你的我吃我的，而且還不一起吃。」

「不會啊！我們都很習慣了。」她笑著回答。

「那問題來了！」

「什麼問題？」

「逢年過節的時候，總要回家鄉團聚吧？」

「對啊。」

「那個時候總該一起吃飯了吧？」

「那個時候就分桌吃了啊。家裡會準備兩桌菜，吃素的到素菜桌，吃葷的就跟吃葷的一起。」

「該不會跟我想的一樣吧……」

「對，就是跟你想的一樣，我們家族有一半的人吃素，一半吃葷。」

「你們眞是奇怪的家庭。在下甘拜下風。」我站起身來作了個揖，以表示我對他們家的敬佩。

吃完飯之後，我們又投入那避難人潮裡，還好我們已經事先買好了票，不然今天應該是看不到電影了。

其實我早就已經忘了我們看的是哪一部電影，我只記得在電影播放期間，我們很少交談。但我記得，我在電影播到一半時，曾偷偷轉頭用餘光看著她的側臉，她的眼睛閃耀著銀幕裡跳動的光芒，感覺像是有律動的眼皮眨呀眨的。

我故意伸出右手觸碰她的左手，她的左手稍微動了一下，但是沒有移開。然後她轉頭看我，我想她似乎已經發現我是故意的，所以她靠近我，貼著我的耳朵，輕聲跟我說：「專心看電影。」

當時，我一整個傻住，像個白癡一樣坐在位置上發呆，但心裡卻在享受著她靠近我時，那髮際飄來的香味。

晚上十點多，我騎著 Jog 送她回家，那是我第一次知道她家住在哪裡。她指著那排公寓其中一棟的五樓，告訴我，「那間燈光有黃有白，外面還種了一些死不了的假花的，就是我家了。」

「好，晚安了。」我說。

「謝謝你陪我看電影。」

「我才要謝謝妳請客。」

她掩著嘴巴笑了起來，「那下次還有機會嗎？」

「我想應該有吧。」

「那，學長，騎車回家小心一點喔。」

「好，拜拜。」

然後，我看著她的背影走到公寓門口，開了門，她回頭看了看我，然後走進去，把門關上。

我還留在原地。

她走到二樓，把頭探出樓梯間的窗戶，「耶誕節快樂。」她說。

「耶誕節快樂。」我說。

然後，她回頭，走到了三樓，又把頭探出樓梯間的窗戶。

我還留在原地。

「你幹嘛不走啊？」

「我在等妳進家門啊。」我回答。

然後，她回頭，走到了四樓，又把頭探出樓梯間的窗戶。

我還留在原地。

「你等一下。」她說。

「喔。好。」我說。

大概過了三十秒吧，她又把頭探出來，說了一句「接好」，然後就丟下一個紙團。但是因爲紙團太輕，所以掉在離我還有兩公尺的距離外。我把車子架好，把紙團撿起來，再抬頭看她的時候，她已經到了五樓。

「別嚇一跳喔！」她說，然後呵呵笑了幾聲，就消失在五樓樓梯間的窗戶，只露出一隻搖晃著說再見的手。

我一個人站在路燈下，雙手因爲騎車的關係而變得冰冷，我慢慢地打開那張紙團，上面寫了幾個字，我看了，一種很溫暖又欣喜的感覺流遍全身。

子雲，我喜歡你，很喜歡很喜歡。

24

哼！女生追男生怎麼這麼容易？

「然後你們就在一起了？」王小姐托著下巴，用很陶醉的表情，淺淺地笑著問我。

「妳幹嘛這個表情？」

「我覺得很浪漫啊！已經很久沒有聽過這種純情的故事了。」她很認眞地說明。

「兩個才高中的男女互相喜歡，故事當然很純情，不然妳覺得會多激情？」

「說的也對，想當年，我戀愛的時候也是很純情的，明明都已經在一起了，看見對方還是會很緊張。」

「是啊，我們後來見面的時候，兩個人也都很緊張。」

「所以你們就在一起了？」

「嗯，後來我每天到樂隊室，都會有早餐吃。偶爾我也會提早出門，到她家去接她上課，不過……」

「不過什麼？」

「我們在一起的時間非常短暫。」

「爲什麼呢？」

「她的爸媽非常嚴厲，我要到她家去接她上課，還得躲在角落，不能被發現。」回想起當年像個小偷一樣，躲在她家巷子轉角處的情景，我搖搖頭，覺得很瞎地笑著說。

「你被她的爸媽罵過啊？」

「不是罵過，是恐嚇。」說到這裡，回憶很清晰地再度在我腦海中上演。

謝蓓雲的爸爸是公務人員，至於是哪個單位的公務人員，我就不是那麼清楚了。她媽媽則是一間國小的辦公室人員，說起來也算是政府單位的約聘人員，做的是會計那類的工作，但不是教師。

我們在一起沒多久，謝蓓雲的媽媽就知道了我的存在。那是一個氣溫很低的清晨，我在她家的巷子轉角處跟她說話，她媽媽正好騎車經過。當時謝蓓雲沒發現，我也不可能知道從旁邊騎車經過的人會是她媽媽，因爲我根本就不知道她媽媽長什麼樣子。

後來，她的媽媽像個間諜似的，趁謝蓓雲不在家時，向總部裡的老大報告了這件事。這個老大其實就是她爸爸。

她爸爸一開始可能還不覺得怎麼樣，畢竟她媽媽也只是看到我們兩個人在說話而已，任何情侶之間會有的動作我們都沒有做，所以她的媽媽因爲證據薄弱，暫時無法確定我跟謝蓓雲的關係。

直到一天下午放學後，我騎著機車，載謝蓓雲到市場裡的一家小店鋪買紅豆餅，無巧不巧地被她爸爸撞見。她爸爸很恐怖地把車子停在馬路對面，仔細觀察我們。那天晚上，謝蓓雲就開始被審問了。

當然，謝蓓雲不會笨到承認她已經交了男朋友，畢竟如果家人是反對的，那麼承認就等於是找死。所以她只說我是社團的學長，好意載她到那家店買紅豆餅。但是她媽媽也加入戰局，問她，爲什麼陪著她的都是同一個學長？在巷口陪她說話的是我，載謝蓓雲去買紅豆餅的也是我，如果眞的沒什麼，為什麼走這麼近？

如果這時謝蓓雲穩住氣，心平氣和地回答父母，我想，後來的事情就不會發生了。

但謝蓓雲這時回錯了一句話，她說：「我們感情好不行嗎？」

這天，謝蓓雲被罰跪著吃晚飯，跪著複習功課，還跪到睡覺時間到了，才能回房間。

隔天，我在巷子轉角處看見她時，她的步伐明顯地不穩。

我載著她到學校，然後把車子停在學校外面，牽著她，一步一步慢慢地走進學校。就在我們快走到謝蓓雲的教室外面時，一個男人的聲音從我背後傳來。

「前面那一位男同學！」

我回頭，看見一個大約一百六十公分高的中年男子，他穿著白色襯衫，打了一條藍色領帶，黑色的褲子有一些直裁縫線條。正當我想回他「叫我嗎？」時，謝蓓雲突然說了一句：

「……爸……爸……」

「蓓雲，爸爸在處理事情，妳最好閉嘴啊！」那男人一開口就是很嚴厲的語氣。

「呃……伯父，你好。」我先是有禮貌地笑著向她爸爸點頭致意。

「不用好。我不需要你問好。」看見他臉上的表情是如此嚴肅，我頓時被嚇著了，心裡七上八下地亂七八糟著。

大概有十秒鐘的時間，我們三個人就一句話也沒說地，站在學校走廊中央，我一直看著她爸爸的眼睛，但她爸爸卻像是一個非常無禮的人，不住地上下打量著我。

「伯父，請問，有事嗎？」我依然笑笑的，我永遠記得，媽媽教我要有禮貌。

「有事嗎？你事情大條了！」他說這話的聲音還不小。

「什麼事？」我收起了笑容。

「你叫什麼名字？」

「吳子雲。」我邊說，邊挺起胸膛頂出我繡在衣服上的名字。

「學號呢？」

「請問伯父，你要我的學號做什麼？」

「做什麼？我要告到你們校長那邊去！你們好好的學生不當，談什麼戀愛？尤其你！不長眼睛！連我的女兒你都敢碰？」他拿出紙筆抄寫我的學號，嘴裡吐出來的每一個字，都愈說愈大聲，愈說愈用力。謝蓓雲班上的同學一個個跑出教室探看究竟。

「伯父，我沒有碰你的女兒，我們是很正當地在交往。」我試圖心平氣和地解釋。

「什麼交往？我有准你跟我女兒交往嗎？我有准我女兒跟你交往嗎？」

「伯父，請你理性一點，我跟謝蓓雲的交往很單純，我也絕對不會有惡意。」

「我管你單不單純！」他的表情讓我至今難忘，「我告訴你，我的女兒你配不上！」

「伯父，請你說話留點分寸。我不認爲我做錯了什麼，要讓你這樣……」我的話都還沒說完，他立刻補了一句讓我怒火中燒的話。

「我跟你留什麼分寸？你算什麼東西啊？」

這時，我就快要無法控制心中的怒火。我轉頭看了看謝蓓雲，她的臉漲得很紅，雙頰滿是眼淚，那雙眼，非常氣憤地看著她的爸爸。

「蓓雲，我幫妳請假，妳跟我回家，我有帳要跟妳好好算！」她爸爸拉著她的手，還用仇恨的眼神看著我，「姓吳的，你等著到校長室去！」

只見謝蓓雲氣得全身發抖，雙手緊緊握拳，然後像是用盡全身的力氣一樣，說了一句話：「為什麼你要這樣？」

「我怎樣？我是為了妳好啊！高中生本來就應該念書，妳幹嘛跟這種不三不四的小流氓混在一起？」

「你自己看一看，現在是誰比較像流氓？」她所說的每一個字，都像是用全身的力氣在說的。

「蓓雲，注意妳的口氣！妳現在可是在跟爸爸說話！」

「我叫謝蓓雲，這是我的學號。」她指著她制服上繡著學號的地方，「麻煩你，把我跟他的名字學號一起送到校長室。」

「帥！」魏先生忘情地拍著手，「這女孩子有個性！漂亮！」

「我也覺得謝蓓雲這句話接得好，就當時的情況來看，她爸爸確實比較像流氓。」王小姐也大聲附和。

「其實說眞的，那時候我很害怕，但心裡頭又有一股氣說不出，感覺很不好，旁邊又是謝蓓雲，我不知道該怎麼辦，又不能讓她的父親難堪。」我說。

「哈哈哈哈，」王小姐大笑，「你不用讓他難堪，謝蓓雲已經讓她的父親很難堪了。」

「是啊。」我也笑了起來。

「那後來呢？」

「後來事情鬧得挺大的，訓導主任跟教官還到場關心，旁邊圍觀的人一大票。」

「謝蓓雲眞的被她爸爸帶回家了嗎？」

「對，後來她被帶回家了，我則被留在教官室，直到她爸爸帶她走出學校大門，教官才放我走。」

「那事情怎麼發展？你們兩個人的感情有沒有變化呢？」

「後來，謝蓓雲寫了一封信給我……」

那幾天，我不敢打電話給謝蓓雲，也不敢到她家的巷子轉角等她。我曾經在距離校門口還有一百公尺的地方，看見她被她爸爸牽著走進學校，我才知道，她就像個國小學童般，被父母親接送著上下課。

在學校的時候，我們依然會見面說話，關於那天發生的事，我也盡量用許多大笑的表情加以掩飾，我心想，別太在意，也別再想起了，過去就讓他過去吧。

後來，大概過了幾個星期，農曆年就要到來。有一天，她偷偷用公共電話打給我，那是早上六點多。

那天，我們整整約了一天的會。她要我帶她到很遠的地方去，愈遠愈好，最好讓她的爸媽都找不到她。於是，我沿著一號省道一直騎，就這樣騎到了台南。

我們記不得我們到底玩了多少地方，我只知道，我們那天大部分的時間都在迷路，畢竟剛到一個陌生的地方，要知道路是不可能的事情。

我們後來去了成大，是哪個校區我也不清楚。時間大概是下午四點左右，我跟她手牽手走在一條長廊上，走著走著，她突然停了下來，抬頭看著天空，我不知道她在想什麼，我只感覺到，她的手用力地握緊我的手。

「妳怎麼了？」我低頭問。

「沒什麼，我覺得有點冷。」

「那，我脫外套給妳穿。」

「不要！那樣你會冷的，我只要你抱我就好。」她說。

然後，她輕輕地把雙手環在我的腰間，她的頭輕輕地靠在我的胸前，我把我的外套打開，用我的外套還有雙手抱住她。張艾嘉導演曾經導過一部叫作「心動」的電影，裡頭梁詠琪跟金城武有一幕在雪地中相擁的畫面。對，就是那個畫面，那天我們的相擁很像那個畫面。

後來，我偷偷地吻了她，我感覺我的嘴唇在發抖，她的嘴唇也是。

那天從台南再騎車回高雄時，已經是晚上的八點了。對她來說，那是個會被罵的回家時間。我們學乖了，把車停在離她家至少有五百公尺遠的另一條巷子裡，我記得當時我還開玩笑地說，如果再被她爸媽看到，我就替他們報名國安局特勤人員。

「你快回家吧，已經很晚囉。」她說。

「好，再沒幾天就過年了，如果妳要回鄉下的話，別吃得太胖嘿，免得回來我抱不動妳。」

「你覺得我很胖嗎？」

「嗯……還好啦，」我故意上下打量著她，「普通胖。」

她沒說話，只是笑著打了我一下，我也笑著躲開她那一掌。

但在我們的笑聲都漸漸地收起時，我從她的眼睛裡，看到很捨不得的眼淚。

「妳怎麼了？妳怎麼了？妳別哭啊！」我拍著她的肩膀，安慰著。

「沒……沒有，我沒事。」她說。

「妳有什麼事要跟我說嗎？別放心上啊，妳有什麼事都可以告訴我的。」

「嗯嗯，我知道，我只是有點捨不得今天而已。能一整天都跟你在一起，這機會眞的很少很少……」

「別哭別哭，以後一樣會有機會的。」我認眞地安慰著她。她沒說話，只是點點頭。

後來，她交給我一封信，要我回家再看，一定要回家再看。直到今日，我都還記得她當時的表情，還有那惹人憐愛的眼神。

然後她吻了我一下，轉身，頭也不回地走了。路燈把她的影子拉得好長，直到她轉進另一條巷子，我才在腦海中那被拉長的影子中看見她的寂寞。

高三那年體會到的寂寞，原來來自愛情。

25

回家之後，我打開信。她寫道：

子雲：

很短的愛情，對吧？我們的幸福好像才剛開始而已。

現在是晚上三點多，我很少這麼晚還醒著的，除了我曾經在佛光山，跟那裡可愛的師父們聊天喝茶之外，通常，這種時候我已經睡得很沉了。

因為你跟我說過，所以我知道你不信神不信鬼，但我要跟你說一件很神奇的事情，不管你信是不信，總之，我真的遇到了。

我是個很虔誠的佛教徒，虔誠的程度，已經到了我向佛祖發願說，我一定要剃度。但當那些可愛的師父們聽到我這麼發願時，他們都笑了。他們笑的原因不為別的，就為了我不可能剃度。

一位師父跟我說，我還有一段緣未了，而這段緣會讓我畢生難忘，甚至放棄剃度的念頭。聽完之後，換我笑了，因為當時的我，根本不認為我會有什麼未了情緣，只要我想剃度，再怎麼難了的緣我都會了斷它。

直到你的出現。

你的出現真的讓我不知所措，迎新露營的那天晚上第一次看見你，我就開始覺得，心跳已經不歸我管轄，每一個有你在的場合，我都會不停地注意你的動作，你的每一個舉動跟笑容，我都記得好清楚，像是有個快手，在我的腦海中，畫著你的樣子，一頁一頁的。

我這才知道，可愛的師父所説的緣竟是這麼地難斷，難怪當我説要剃度的時候，他們都笑了。

跟你在一起，感覺真的很好。我們都在別無所求的時候遇見了對方，也用著別無所求的態度在喜愛著對方。你的別無所求讓我覺得很窩心，這讓我明白，你對我的喜歡真的是很單純且美麗的。

但是，我還是要跟你説對不起。那天我爸爸對你那麼失禮，我真的很抱歉很抱歉，我不知道他們竟然會如此反對我們的交往，那天我爸爸的態度讓你感到不舒服，我真的很不好意思。

就快要過年了，你要好好地、開心地過年喔。記得幫我多玩一些，因為我可能會一直被綁在父母親身邊，不像你，總是可以騎著車子到處跑。

還有，再過幾個月就要聯考了，你要專心一點念書啦。不然考不到學校的話，我可是會笑你的。

晚安了，我喜歡的你。

有緣的話，我們一個月後學校再見。

謝蓓雲

後來，我在開學之後才發現，她在信末最後一句所寫的，「有緣的話，我們一個月後學校再見」是唬爛我的。她父母親動用了關係，很快地把她轉到別的學校去。我是在寒假過後，問過日本芭比才知道她已經離開本來的班級，至於轉到哪裡，日本芭比說她也不清楚。

「所以，這個是什麼意思？」我問。

「什麼這個意思？」日本芭比一臉不解。

「我跟她呀，這是分手的意思嗎？」

「子雲學長，說眞的，我也不清楚耶。」

「那我要怎麼求證呢？」

「對不起，我幫不上忙，我們班沒有人知道她的電話。」

那陣子，我很失意，書念不下，飯也吃不下，睡得更是愈來愈少。我常常在翻來覆去中找到睡意，又在快要睡著時醒過來，然後繼續翻來覆去。

我回想起那天她的父親指著我的鼻子，說我算什麼東西時的嘴臉，就開始氣憤難平地搥打著枕頭，嘴裡髒話狂飆，腦袋一整個亂七八糟。邱吉、周石和，還有阿不拉當時經常扮演聽我吐苦水的角色。

「幹！把她爸爸 call 出來扁一頓啦！不然難消你心頭之恨。」邱吉說。

「她爸爸只是站在保護女兒的立場上嘛，他這麼做有什麼不對？不過要扁的話，記得叫我。」周石和說。

「哎呀，你們都很壞，開口閉口就是打人，學學我，我是和平主義者。」阿不拉說。

「你最好是和平主義者啦！如果我們三個現在就扁你一頓，看你還會不會是和平主義者。」我嗆聲。

「那我就去打她爸爸抵帳！都是她爸爸害我被打的。」阿不拉說。

然後，一天晚上，我媽媽接到一通電話，她說是一個女孩子打來的，但當時我在洗澡，所以沒能夠叫我接聽。我媽媽說，那個女孩子說她是我的朋友，想要寄東西到我家來，所以向我媽問了地址。

我問媽媽她的名字，媽媽說她姓謝，我一整個開心了起來。

我又問媽媽她有沒有留電話，媽媽說沒有，我心想也對，如果她留了電話，我打過去是她爸爸接的，那我就吃不完兜著走。

現在想想，很慶幸當時沒有詐騙集團，不然我媽媽就不可能把地址給她了。

幾天之後，我收到一個包裹，還有一捲錄音帶。

那上面的字跡確實是謝蓓雲的，我很開心地打開包裹，卻在把錄音帶放到音響裡播放後，感到濃濃的後悔。

錄音帶裡面錄的是她自彈自唱的一首歌，那首歌叫作〈Without you〉。

No I can't forget this evening or your face as you were leaving
But I guess that's just the way the story goes
You always smile but in your eyes your sorrow shows
Yes it shows

No I can't forget tomorrow when I think of all my sorrow
When I had you there but then I let you go
And now it's only fair that I should let you know
What you should know

I can't live, if living is without you
I can't live, I can't give anymore
I can't live, if living is without you
I can't give, I can't give anymore

Well I can't forget this evening or your face as you were leaving
But I guess that's just the way the story goes
You always smile but in your eyes your sorrow shows
Yes it shows

I can't live, if living is without you
I can't live, I can't give any more
I can't live, if living is without you
I can't give, I can't give anymore……

一整個晚上，我的音響不停地播著她的錄音帶。我的眼淚很輕易地被歌裡的每一個旋律和音符操縱。我一邊拿出她在過年前交給我的那封信，一邊聽她唱給我聽的〈Without you〉，我心裡那道自以爲堅強的防線徹底地被撕裂。

我終於發現，她早就告訴了我，她沒有辦法再回到學校來的事實，就在她給我的那封信的第一句話。

從那天開始，我會在家裡沒有人的時候，偷偷地從爸爸的菸盒裡拿出幾根菸，然後在深夜裡，躲在自己房間的窗戶邊，用打火機輕輕地點燃。

雖然那時我還不會抽菸，但我想要那種感覺。那種白煙飄裊、月光流瀉的空氣中，攪拌著我嘴裡吐出的煙，還有濃濃的寂寞的味道。

當年的月光與星光，伴著我稀釋了多少寂寞，我已經數不清了。

26

第二次體會到愛情裡的寂寞，是在大學三年級的時候。

她是班上跟系上公認的美女，能跟她在一起，有時連我自己也覺得莫名其妙。當時跟我一樣，同時卯足全力在追她的，還有機械系與電子系的幾個同學，而且他們的作風甚至都比我要來得大膽，沒想到最後她竟然會選擇我。

就讀電子系的R同學就是一個很敢行動的大個子。他曾經爲了她，不知道是用什麼方法，買通了當時負責管制校內廣播擴音系統的管理員，給了他一整個中午的休息時間，播放他要送給她的歌曲，還附帶唸了一首詩。

只是比較爆笑的是，R同學播放歌曲的那天中午，她人根本還沒到學校來，更不可能聽到他的心意，所以，所有的努力都白費了。不過，這也不能怪R同學，因爲我相信他已經做好查詢她的課表的功課了，只是他千算萬算，都不可能算到她當天早上第三四節的課臨時取消。

另一個在機械系的Q同學作風更是大膽，他在我們班上課時衝進教室來，講台上的教授本來還不以爲意，以爲是來旁聽或是遲到的學生，但後來定神一看，才發現這位Q同學的穿著非常怪異：他全身上下都穿著白色的衣褲，甚至連鞋子也是白的。而當你仔細地看清楚他那些白色衣褲上的花紋時，你會發現，那並不是花紋，而是一個個拳頭般大的字，上面寫著：「劉郁萍，我愛妳。」

這位Q同學向教授借了兩分鐘，說他說完話就走。教授笑著點點頭，一副等著看好戲的樣子。

接著，Q同學走到劉郁萍的位置旁邊，拿出一封信，他說：「我總共在衣服跟褲子上寫了四十五次我愛妳，我在心裡大概說了四十五萬次我愛妳。這是要給妳的信，我會等妳的回信的。再見。」

說完，Q同學轉頭對教授說了聲謝謝，也對我們全班同學點點頭，然後就快步走出去。在他離開教室的那一剎那，全班都笑了起來。

這時教授看著劉郁萍，笑著問：「劉郁萍，這個男生很有誠意耶！妳感覺如何啊？」說完，全班都轉頭看著劉郁萍。

只見她微笑著看了看教授，再看了看那封情書，說：「他寫在衣服上的字好醜。」

這句話讓全班都笑歪了，連她自己也摀著嘴巴放聲大笑。教授開玩笑說，叫他回去練柳宗元書帖之後再來告白一次，他願意再給Q同學兩分鐘時間。不過，當時坐在旁邊的我心裡七上八下的，雖然我也被她的話給逗笑了，但我感覺到，我的笑容並不誠實。

是的。我跟她是同班同學，坐在離她兩個位置遠的距離。

如前面所敘述的，她叫作劉郁萍，一個還算常見的名字。她有著高䠷的身材、脫俗的外表、一雙很大的眼睛，還有一身白皙的肌膚。很多同學都說她長得很像陳德容，但我覺得她比陳德容更美麗。

本來這種超正妹級的女孩子出現在我身邊時，我是連想都不敢想的，畢竟我會秤秤自己到底有幾兩重，不會去做癩蛤蟆吃天鵝肉的傻事。所以，當我第一次在一年級剛開學時見到她，心裡有過一陣「哇！這妹好正」的驚呼後，隨即就告訴自己：「好吧！正歸正，別想太多，輪不到我。」

後來，跟班上的同學比較熟稔後，幾個男生開始票選班上跟系上的美女時，她的名字總是被第一個抬出來，「哇！這妹好正」這句話，原來並不只出現在我心裡。

不過，好像是老天爺要賜給我機會似的，當某些學科要分組進行研究討論時，我跟她就像是被偷偷安排好一樣，被編在同一組，又因爲班上男生很少（四十女九男），所以一組只分配到一個壯丁。

從那天開始，我就很期待每一次的分組討論，不管是上課時間或是課餘，當同組相約到茶坊裡討論，我總是會帶著很愉快的心情參加。也因爲如此，我跟她之間愈來愈熟稔，我們開始一起吃飯，一起上課，放假的時候一起出去玩，漸漸地，我們無話不說，無話不談。不過，比較遺憾的是，我跟她沒什麼獨處的機會，通常都有一大堆人在旁邊。

因爲我買飲料的時候不會只買她的，吃飯的時候不會只幫她點，一起出去的時候都會刻意邀請其他同學同行，所以我對她的好感掩飾得還算成功，至少在大一的時候，並沒有人看出我對她有那麼點偷偷的喜歡。

如果大一的新生中有正妹存在，通常都逃不過學長們的法眼，所以當時要追求她的學長也不在少數，還有謠傳說，有學長爲了她大打出手。「窈窕淑女，君子好逑」當然是很正常的，但我也覺得，學長們也太過不理性了。聽跟她比較要好的同學說起，她高三時在補習班，就已經是非常搶手的女孩子，甚至搶手到很多其他補習班的男生，爲了她而換到這個補習班來。還有男孩子爲了她吵架打架，還打到頭破血流。

我想這是動物的本能。公鹿們爲了跟母鹿交配，通常都會決鬥個你死我活，才能決定母鹿歸誰。不過，我自認沒有公鹿的戰鬥力，所以我不想加入戰局。而且我想她也不會認爲自己是母鹿。

後來因爲媽媽的經濟壓力，我開始了解，依靠家庭念完大學的美夢大概已經破滅了。龐大的債務壓力，讓媽媽曾經打過一通讓我萬念俱灰的電話，她在電話裡忍著眼淚對我說：「子雲啊，你回來高雄吧，書不要念了，媽媽沒錢給你念書。」

我還記得，掛掉這通電話之後，我坐在自己宿舍的床邊，傻了大概有一個小時之久，我的心裡亂七八糟的，那是我上大學之後，第一次覺得心情沮喪。

後來，我決定半工半讀，再怎麼樣也要把書念完才行。於是我申請從日間部轉到夜間部，大二開始，我上課的時間就再也看不到太陽了。

我並沒有跟班上同學說起這件事情，就連跟我感情最好的小P，也不知道我的決定，因爲我不喜歡面對生離，雖然都還在同一個地方、同一所學校，但原本好好的同班同學，迫於無奈而被硬生生地剝離，那種感覺一樣不好受。

「等到開學，他們自然就會知道了。」我在心裡對著自己說。

我落寞地搬出了學校宿舍，先到學校附近租了一間房子，然後很快地找到了在 7-11 上大夜班的打工工作。當時，我在心裡盤算著，大夜班的薪水一個月大概兩萬多，我一個月的生活費頂多一萬塊，再扣掉房租支出，我一個月至少可以存到一萬元，那麼我的學費就有著落了。

然後，很巧地，第一個發現我在 7-11 打工的人不是別人，就是劉郁萍。

當時我在想，台中市至少有三百家 7-11，爲什麼她不到別家買東西，偏偏走進這一家呢？

「你怎麼會在這裡工作？」她很驚訝地問。

「沒啦，暑假打工賺點錢嘛。」

「那你開學以後怎麼辦？生理時鐘調得回來嗎？」

「可以啦！沒問題！」我說了謊，我對她隱瞞了我已經轉夜間部，而且我也不打算把生理時鐘調回來的事實。

她笑一笑，說了聲再見，然後就走出店門。

接著，開始有其他同學知道我在 7-11 打工，他們紛紛在出去夜遊，或是無聊買消夜吃的時候，跑到店裡來找我。他們爲什麼會知道？廢話，當然是劉郁萍說的。

暑假很快地過了一半，所謂七夕情人節，也就在這個時候到來。但是因爲我還是個 7-11 菜鳥，所以那天我並沒有排到假，我很準時地到店裡上班。

那天的廣播電台像是被愛情瘟疫感染了一樣，每一個電台都在播放愛情歌曲，玩著告白 call-in，我心裡暗自罵著髒話，但是嘴巴上還是吹著口哨，試圖掩飾一些情人節還要上班的寂寞感。

這時劉郁萍走進店裡，我還記得時間是晚上兩點整。她穿得一身粉紅，頭髮特地去綁過，直落落的鬢髮在她走路時輕盈地往後飄。

「情人節快樂呀！」她看著我，笑著說。

情人節還要上班的感覺，真是淒涼。

27

「情人節快樂啊！妳剛去約會回來嗎？」我手裡拿著拖把，笑著問。

「沒呀，我沒有去約會。」

「怎麼可能？沒人約妳嗎？」

「嘿嘿！」她詭譎地笑了笑，吐了吐舌頭。

「一定是一堆人吧。那個R同學沒約妳？」

「沒啊。」

「那個Q同學呢？他沒穿著告白衣來找妳嗎？」說著說著，我自己笑了起來。

「也沒呀！」

「妳騙人，明明就一堆人約妳。」

「嘿嘿。」她又露出詭譎的笑。

「看妳穿得一身粉紅，就知道妳剛約會回來。」

「就跟你說沒有嘛。」

「那妳幹嘛穿得這麼漂亮？」

「姑娘我心情好，不行嗎？」

「可以可以，妳說什麼都可以。」

「跟你哈啦到我都忘了，我是來買東西的。外面還有人在等我呢。」

聽她這麼一說，我把視線移到店外，果然有輛黑色的車子停著，裡面坐了一個男子。他正抽著菸，手裡拿著像是CD的歌詞，正專注地看著。

「喔？原來是正要出去啊？」說這話的時候，我突然有些難過，但我還是擠出了笑容。

「你別亂想，那是我哥哥。」她一邊在貨架上翻找東西，一邊轉頭對我說。

「哥哥？親哥哥？」

「是啊！我才不玩那種什麼乾哥哥的遊戲。」

聽完她的話，我本來漸漸烏雲罩頂的心情突然一片明朗。

「所以，妳哥要帶妳去約會？」我問了一個很笨的問題。

「我哥帶我去約什麼會啊？我們要回家啦。」

「喔喔喔！哈哈哈！我亂說的啦。」我摸摸頭，傻笑著。

後來，她拿東西到櫃檯結帳，我交給她一張紙，那是我上班無聊時寫的一首詩。

「這給妳。」

「這是啥？」

「一首詩啦。我亂寫的，無聊嘛。哈哈。」

她看了看那首詩，然後瞇著眼笑了起來，「假裝？」她抬頭看著我，唸出那首詩的名字。

「對，假裝。」

我還記得那首詩是這樣寫的：

因為妳太美麗，讓我無法轉移視線，
所以，我只好假裝月光比妳更美，
然後寫詩讚頌月光。

因為妳太像夢境，讓我無法清醒，

所以，我只好假裝夢境比妳真實，
然後捎信給我的真實。

我的感性和我的理性開始玩著捉迷藏，因為妳的出現。
我的理性當鬼，他總是比較愛強出頭。
我的感性躲在膽怯背後，他只偶爾探出個頭。

就算把天光月光星光都借來做顆鑽石給妳，我想都還是不夠的。
因為妳在我眼裡的光芒，已經超越了這所有。

這時，理性說：「冷靜點。」
這時，感性說：「勇敢些。」

而那封我自己寄給自己的真實，打開來看，卻是妳的夢境。

她看完後，瞥了我一眼，有些臉紅地笑著，但她的笑並沒有露出牙齒。

「確定要給我嗎？」她問。

「是啊，確定給妳。不過……」

「不過什麼？」

「不過，那只是一首詩，妳明白我的意思嗎？」

她看了看手裡的詩，抬頭說：「是啊。不然你以爲是什麼？」

那時候，行政院環保署還沒有實施不提供購物袋的政策。她拎著裝滿食物的購物袋，走出店門口，然後又折回來說：「中秋節有沒有空？」

「我不知道，我盡量排休看看，要幹嘛？」

「烤肉啊，我們找一群同學烤肉去。」

「喔！好啊。我排排看喔！」

「好。對了，我剛剛一直要跟你說，差點都忘了……」她像是想起了什麼似的。

「什麼？」

「就是你額頭上長了一顆青春痘。哈哈！」她說完，轉頭就走向那部黑色的車子，然後坐上去，關上門，伸出手來說拜拜。

開學後沒多久，同學們都知道我轉到夜間部的事情，一群比較好的同學很快地跑到 7-11

來找我，關心地問我爲什麼要轉到夜間部。

我只是輕描淡寫地說，我想要半工半讀，不想造成家裡的負擔，對於家裡的經濟狀況，我則是選擇迴避不談。

當然，這件事劉郁萍也知道，她是第一個到 7-11 問我的人。那天晚上是她在 7-11 裡待最久的一次，甚至，外面的天空都已經快亮了，她還在陪我聊天。只是，相同地，我並沒有對她透露我家裡的經濟困境，我只是跟她說，賺錢供自己讀書的感覺很好，有一種紮實感。

在新的夜間部班級裡，我的新同學們都很好相處，教授也跟日間部的幾乎相同，外聘的講師僅在少數。這讓我免去了許多課堂生態可能會造成我不太習慣的恐慌，畢竟，我從來不曾有過晚上才上課的經驗。那個時候，大多數的夜間部學生都有工作，所以念夜間部的人，必須比念日間部的學生更懂得把握時間，因此，夜間部的同學在處理事情與思想上，似乎都比較成熟。

有時我回頭想一想，轉夜間部對我來說或許是件好事，至少這讓我比同年齡的孩子更早接觸到所謂的現實。

漸漸地，在夜間部習慣了，我也開始安於半夜上班，白天睡覺，晚上念書的生活。我通常在晚上十點半出門上班，在早上七點半左右離開 7-11，吃過早餐看過一些書，大概中午時就躺下去睡覺，大約晚上五點多起床吃晚飯，再到學校去上課。下課後回家洗澡，十點半準時出門上班。

就這樣日復一日，很快地，中秋節到了。

半工半讀的日子對我來說，是我生命中很重要的一段時間。它讓我學到凡事要靠自己，得到的都無愧於心。

28

中秋節那天，我很順利地排到了休假，跟以前日間部的同學約好，到學校旁邊的山上烤肉。爲了不把整座山給燒了，竟然還有同學帶了小瓶的滅火器。這個舉動眞是把大家給笑翻了。

烤肉時，大概可以把男生分成兩種類型：一種是從頭到尾都是你在烤；另一種就是從頭到尾都是你在吃。想當然耳，後者一定比較幸福，因爲不用動手又可以吃到爽，大家都想當這種人。

但是，當我看到那幾個女生被煙熏得唉唉叫，一邊揉著熏出眼淚的雙眼，一邊拿著雞腿在不穩定的爐火中求生存，我就覺得不忍心。所以每一次有烤肉活動，我總會當第一種人。

但是，當第一種人必須付出滿大的代價，而且這代價還挺極端的：你不是吃不飽，就是吃太飽。通常，當你有空吃烤肉的時候，或許東西都已經被嗑光了；也或許東西還剩非常多，但大都已經冷了，或是沾了些灰塵。

這次的烤肉也不例外，而我的代價就是吃不飽，東西早在剛烤好時，就被同學們搶光嗑完了。

當大家收拾好東西，確實把火苗給滅了，還慶幸著那瓶滅火器沒派上用場時，我們一行人決定續攤，到KTV去唱歌。

「唱歌是沒問題啦，但是，我可以晚點到嗎？」我對著大家說。

「爲什麼？你要上班嗎？你不是說你休假？」同學問。

「我是休假啊，只是我剛剛沒吃飽，想先去吃點東西。」

「KTV有得吃啊。」

「我知道啦，但是……那太貴了。」我有些不好意思地說。

於是有同學嚷著說要請我，有同學說他可以去領錢請客，但我十分堅持，他們拗不過我，只好讓我先去夜市找東西吃，再到KTV跟他們會合。

「我跟你去吧。」劉郁萍主動提議。

「不用啦，我只是吃個東西。」

「沒關係啦，走。」

她直接上了我的車，我回頭看了她一眼，她笑著拍拍我的肩膀，我也就沒再說話，直接往夜市的方向騎去。到了夜市，我點了一個蚵仔煎和一碗湯，她也點了一個蚵仔煎和一碗湯，我當時還問她是不是跟我一樣沒吃飽，她笑一笑，說：「我只是嘴饞。」

當我吃完東西，正準備前往KTV時，經過了美術館，劉郁萍突然要我停車，「我們進去走走吧，吃太飽了！」

晚上十點多，美術館那裡有好多情侶，就算不是情侶，也有好多夫妻在散步。我停好車回頭時，發現她已經走到離我有一段距離的地方了，於是我趕緊跑過去。

「妳走這麼快幹嘛？」

「沒啊，我還慢慢走在等你呢。」

「喔。妳會渴嗎？我去販賣機投些飲料來。」

「不會，你要喝的話快去投吧，我在那顆大石頭那邊等你。」她指著大概兩百公尺遠的大石頭說。那顆大石頭旁邊有一盞探照燈，把那附近照得很亮。

等我投完飲料，她已經坐在那顆大石頭上。我拿出手中那瓶要給她的麥香紅茶，她看了一眼，接了過去，但沒有喝。

我坐到她旁邊，用眼角餘光偷偷瞄她，她抬頭看著天空，然後頭一點一點的，像在數著星星。

「妳在數星星？」我問。

「對啊，星星好少，一下子就數完了。」

「妳應該去杉林溪，那裡的星星多到爆。」

「眞的嗎？」她轉頭看我，「杉林溪在哪裡？」

「溪頭再往裡面走就是杉林溪。」

「眞的啊？我沒去過耶。我只去過溪頭。」

「沒去過的話，要看很多星星也可以到清境農場啊，那裡也是一堆星星。」

「清境農場又在哪裡？」

「合歡山附近，妳也沒去過啊？」

「或許我有去過，但不知道那是哪裡吧。」她吐吐舌頭，笑著說。

「如果妳覺得這些星星不夠看，妳還可以去台北，那裡有大號的星星。」

「台北？你是說陽明山嗎？」

「不不不，」我偷笑著，「我是說木柵，動物園裡有很大的猩猩。」

「無聊！」她笑著打我的手，「誰在跟你說那種猩猩啊？」

「我開玩笑的嘛。不過，說眞的，」我摸了摸她打我的地方，「我剛說的那些地方，都有很多很多的星星，而且是多到爆喔。」

「到底什麼是多到爆？那到底是多少？」

「我不知道那有多少，但妳只要一抬頭，就會看到一整片的星空，滿天的星星，像是用碗裝著一樣……」

我一邊說一邊觀察她的表情，她抬頭看著天空，彷彿順著我的話在想像著……

「那碗像是倒過來的一個大碗，你躺在深夜裡已經不會再有來車的路上，柏油路對你來說，頓時變成一張柔軟的黑色大床，月光像是天然的日光燈一樣明亮，在那月光的光暈之外，成千上萬顆星星包圍著它，那些星星像是會跳動似地，對著你綻放微笑，頓時，你會有一股想要伸手撈星星的衝動，或是不自禁地閉起一隻眼睛，用食指去點動每一顆星星……」

「你不要再說了！」她轉頭看著我，「如果你要繼續說下去的話，你就得負責。」

話突然被打斷，我嚇了一跳，「負什麼責？」

「負責帶我去啊。」她說。

我看著她認眞的眼睛，刹那間，我有一種心跳失去控制的感覺，「妳……妳願意的話，我很樂意啊。」我試著假裝鎭定。

「好啊，我很願意啊。什麼時候？」

「只要我們兩個都有時間的話，我隨時都可以帶妳去。」我深呼吸了一口氣，「不過……唯一的問題是……」

「什麼問題？」

「那些地方都很遠，而我只有摩托車。」

「我哥哥有車啊！」

「喔？那就沒問題了。有車的話，就可以很輕易地到達那些地方。」

「子雲……」

「嗯？」她突然叫我的名字，令我有些緊張。

「我想問你……那首詩，眞的只是一首詩嗎？」她用認眞的眼神看著我，那一秒，我幾乎不能呼吸，只能怔怔地看著她。

「呃……妳覺得呢？」我不知道該怎麼回答，所以我把問題丟回去給她。

「我不知道，只有你知道答案。」

「那……妳希望那首詩是眞的嗎？」

「不，你不能這麼問我，因爲那首詩的眞假，只有你知道。」

當時的氣氛讓我全身發抖，我覺得我的聲音也開始顫抖，我的腦袋緊張到我已經不能思考。看著她的表情和眼睛，我就快要淪陷了。

「哎呀！」我跳了起來，拍拍屁股，「那只是一首詩啦，別想太多！」

說完，我拍拍她的肩膀，「走吧，他們已經開始唱歌囉，再不去，我們就沒歌唱了。」我勉強地笑著說。

這時，她站起身來，也拍了拍她的褲子。

我回過頭，先走了幾步，因爲我不想讓她看到我冷汗直流、緊張發抖的樣子。

「這時，感性說……勇敢些。」她在我身後，輕輕地說出這句話。

我感覺時間被凍結，周圍的事與物突然間都白茫茫一片。我只聽見我很深又很急的呼吸聲。我轉過頭，只看見她明亮迷人的雙眼。

然後，我向前走了幾步，站在離她只有十公分距離的地方。

慢慢地，慢慢地，慢慢地，慢慢地，低下頭，她的氣息在我的周圍流轉，她急促的呼吸聲，一聲一聲地傳進我的耳朵。

我閉上眼睛，輕輕地，在她微開的雙唇上，烙上我的愛情。

這時，感性說，勇敢些。

那天到KTV的時候，我跟她是手牽著手一起走進包廂的。每一個同學的反應都是先掉下巴，然後男生全部站起身來，在我身上搥了幾拳，「好樣的！」他們說，「原來堅持要自己去外面吃東西的原因，是醉翁之意不在酒啊？」

「早就看出你們有問題了！」同學甲說。

「就是嘛！劉郁萍就不會陪我去吃飯！」同學乙抱怨著。

「如果你們要她陪你們吃飯，我可以借個三十分鐘沒關係。」我很開心地笑著，還轉頭看看劉郁萍的反應。

「現在就急著把我送出去？」她捏了捏我的手。

「沒有沒有，現在不行。大家要借的話，等風頭過了再說。」我急忙解釋。

那天唱歌唱得很開心，散會時，同學們還很好心地說會幫我照顧她，免得我跟她因爲上課的時間完全顛倒，而有太陽與月亮相戀的遺憾。「子雲，你別擔心，我們會替你當守門員的，白天一定會懂夜的黑。」同學們開玩笑地說。當時的我，心裡漾著滿滿的幸福。我甚至把那份幸福，看作是老天爺給我的彌補，彌補我在大學這段求學路的坎坷。

我跟劉郁萍可以見面的時間，除了晚餐之外，就只剩下她到 7-11 找我的半夜。每當我排到假期，我幾乎把所有的時間都用來陪伴她。她家住在南投，所以我也曾經陪她一起回南投。聽說南投的水質好，空氣很清新，環境清幽氣候宜人，所以南投人普遍皮膚都很細緻，而且不容易老。

我想，那些話是對的，因爲劉郁萍的爸媽看起來都好年輕，而且身體硬朗，說話的聲音也很大。

我跟她在一起之後的第一個農曆年節，我還很主動地到他們家去拜年，因爲 7-11 排到的休假日是在初五之後，所以我利用初二早上下班的時候，騎著機車，買好一些水果到他們家去。從台中騎車到南投的路程說起來好像很遠，但眞的走過之後，卻覺得還好，因爲一路上沒什麼需要翻山越嶺的地方，而且沿途還有些風景可以看。

這天，我在他們家用午餐，他們全家人都到齊了。除了她的爸媽跟哥哥之外，伯姨叔舅、表哥表姊和一些小朋友們，全都在午餐開始之前趕到。午餐分成兩桌，大人們一桌，那些還沒長大的，和還沒結婚的一桌。

當時，我是唯一一個不屬於他們家庭成員的人，所以說眞的，坐在那裡吃飯眞的很緊張，感覺也很尷尬。在那之前，我一直說要先離開，因爲晚上還要上班。但是劉媽媽和劉爸爸不停地留人，劉郁萍也說吃完飯再走還不遲，我這才答應。

沒想到，答應了之後，是一連串可怕的開始。

我開始被身家調查，開始被問東問西。他們的問題千奇百怪，五花八門，從我的爸媽從事什麼工作、我將來想從事什麼工作問起，問到我以後想要在哪裡定居，有沒有可能離開高雄之類的。這當中，比較難回答的問題是，他們問我爲什麼會喜歡劉郁萍？我突然間不知道該怎麼回答，坐在原地搔著頭，想不出任何理由，但眼前的每個人都在等待我的答案，我才很不好意思地回說：「她這麼完美的女孩子，人見人愛，喜歡她的理由，用人類的腦子是沒辦法想得出來的，而我只是一個比較幸運的人而已。」

可能是這個答案讓他們都滿意了，所以劉郁萍的爸爸當場拿了一杯酒給我，他說：「希望你們能一直這樣安安穩穩地走下去。」我站起來接過酒杯，向她爸爸點頭道謝，這時她爸爸一口飲盡杯中物，我也怕失禮地趕緊跟進。當時的我幾乎沒碰過酒，那入喉後的灼熱與衝向腦門的勁道，讓我不由自主地「喔喔」叫了一聲。

「這是什麼酒啊？」我甩甩頭，試圖保持清醒。

「我爸爸自己泡的藥酒，很衝喔。」劉郁萍拍拍我的肩膀，然後替我撫一撫背。

在場的每一個人都開心地大笑了起來，他們都調侃著我，要我回去多練練酒量，免得每次來都會被欺負。我想，當時，我的存在對他們來說，或許並不只是一個外人而已，而是一個佐證。他們每個人臉上的笑容與喜悅，都不是因爲我的存在才有的，而是他們經由我的存在，看見一個曾經是襁褓嬰兒的小女孩，現在已經長成花樣年華的少女，心中不禁漾起了滿滿的驕傲與成就感。

在那之後整整一年的時間，我跟劉郁萍之間的感情一直維繫得很好，甚至隔年的農曆年節，我依然到他們家去拜年。唯一不同的是，我已經不需要再趕回台中去上 7-11 的大夜班了，當時我換了一個白天的正職工作，在一家廣告印刷公司當老闆的助理。

這一年，他們對我已經不再陌生，甚至許多她的親戚，都曾經在台中的 7-11 裡，和我碰過面，他們都說是碰巧走進我上班的門市，但我當時眞的很想直接吐他們的槽、嘲笑他們的唬爛功力，因爲他們的碰巧都太假了，哪有人會碰巧走進 7-11，還帶著要給店職員吃的水果的？

第二次在他們家一起吃團圓飯的感覺，比第一次更紮實，因爲他們發自內心地，把我當作是家裡的一分子，很多的問候、與親人之間互動的快樂，在當時我跟母親的相處關係中，是從來不會有的。

我之前提到過，因爲母親的經濟壓力，導致那些年，我跟她的關係一直處在沸騰點，難以降溫。我曾在劉郁萍家裡看見好多簡單卻又美麗的畫面，非常直接又強烈地衝撞我的心門，在那些畫面裡，我感覺自己像是一個隱形的靈魂，在他們的互動中，看見我心底深處那些已經乾涸的幸福角落，而他們只是在我的身邊來回穿梭，我的眼神流動的每一吋，都閃耀著他們的幸福，而我同時被感染了。

剎那間，我的寂寞感與幸福感同時快速地發芽，威力如排山倒海一般。

這一年，他們談到了結婚這件事。在他們的眼裡，我和劉郁萍的感情已經是成熟的果實，隨時可以收成，而感情的最終階段，就是紅毯的那一端，那將是他們希望看到的。

只是，當時的我並不敢去奢想這件事，就連一丁點閃過的念頭都不曾有過。我跟劉郁萍的感情就算再怎麼穩定，但考量當時那個年紀與經濟能力，結婚這條路，距離我們依然非常漫長。

我把我的想法告訴他們，他們很開心地拍拍我的肩膀，讚許我並沒有被愛沖昏頭。但他們也希望，我能在學成之後，盡快服完欠國家的兩年兵役，然後找到一個好工作，屆時，他們才能把劉郁萍交給我。

「趕快畢業，趕快退伍，趕快找個好工作，趕快存點錢，然後趕快把我的女兒帶走，我不想她再回來煩我了。」她爸爸端了一杯曾經讓我暈眩的藥酒給我，把手放在我的肩膀上，當著所有人的面這麼說。

當然，我們都知道他最後一句話是開玩笑的，但那卻是我最應該害怕的，因爲除了那句話之外，前面所說的每一句都是眞的。

「我盡力，伯父。」我接過酒杯，對他點點頭。

「好！應得好！我喜歡你這個小夥子！」他拉開天生的大嗓門，舉起了酒杯，然後一口飲盡。

相同的灼熱感與勁道衝向腦門的感覺再一次襲來，我依然不由自主地「喔喔」叫了一聲。但我已經知道那是藥酒了，所以我努力地站在原地，在心裡告訴自己：「或許，我眞的該練練酒量了。」

我回頭，看著劉郁萍，她也正看著我。

只是，奇怪的是，我似乎從她的眼中，看見一種訊息，一種我無法確定的訊息。

而那種訊息，像是在對我說，「抱歉……」

在愛裡所說的抱歉，是對不起他（她），還是你自己？

30

「抱歉？」王小姐像是被嚇著了似的。

「是啊。抱歉。」

「爲什麼抱歉？該不會……」她沉吟著，然後看了魏先生一眼，似乎想在魏先生眼中尋找一種贊同的答案。

「嗯，妳想的是對的。」我說。

「你怎麼知道我在想什麼？」

「妳在想，她該不會已經不愛我了，對吧？」

「不是，我在想，該不會她已經有了其他的對象。」王小姐說。

「是啊。她是有了其他的對象，而且已經在一起了。」

「不會吧？」王小姐和魏先生異口同聲地驚呼。

「這世上沒什麼『不會吧』的事。很多事情，就是因爲你覺得不會吧，它就偏偏會發生。」

「哇銬！這太不可思議了！」王小姐說著說著，摀了一下嘴巴，「抱歉抱歉，原諒我突然說了粗話。」

「哈哈哈！」我大笑著，「沒關係，妳大可以放開禮儀，不必拘束小節，盡情跟我談論這件事，我已經釋懷許久了，雖然當時我是髒話滿天飆。」

「但是，當時你們的感情不是很穩定嗎?甚至她的家人都已經非常喜歡你，也都接納你了啊，爲什麼她還會劈腿呢？」王小姐提出了每個人都會提出的疑問。

我輕輕地笑了一笑，又點上一根菸，「所以我才說，妳想的是對的。」

「我想的是對的？我想了什麼是對的？」

「妳猜想她已經有了其他的對象，不是嗎？」

「是啊。」

「所以，我替妳下了一個結論，就是她已經不愛我了，不是嗎？」

說到這裡，王小姐終於懂了。

對的，其實感情不就是這麼簡單的嗎？

兩個人在相愛的時候會分開，那就是雙方都有必須反省的地方；但感情若是在有人介入的時候結束，那麼，不必把第三者視為必須成為眾矢之的的犯罪者，之所以分開，只是因為你很愛的那個人，或是你自己，已經不再愛了。

對，就是已經不愛了。不必花時間想破頭，不必鑽牛角尖，試圖找出被背叛的原因，那些都是沒有意義的，答案，就是那麼簡單明顯……

已經不愛了！

當時的我，已經成熟到足以明白這個道理，所以我並不怪那個第三者，我只怪劉郁萍，怪她為什麼要隱瞞我，甚至我後來反過來恨自己，為什麼我要這麼成熟？

「不愛了」的這個事實被發現且成立的那一天，天氣他媽的好得很！跟其他愛情故事不一樣的，我沒有天空替我掉眼淚。

當時電信開放民營，年輕人幾乎是人手一支手機。只是我很窮，沒辦法辦手機，我只能用家裡的電話打到她的手機裡。

「嗨，起床囉？」我還沒發現任何異狀的時候，一如往常地，我用很快樂的語氣問候著。

「嗯，我已經起來了。」

「那，我中午休息的時候，去找妳一起吃飯好嗎？」

「不，不要，我要出去了。」她有點緊張地說。

這時，我才發現她所在的空間不是室內，而是在車上。

「妳在外面啊？」

「呃……嗯……」她見事情已經開始隱瞞不住，「嗯，是的，我在車上。」

「那，妳要去哪裡啊？」

「出去。」

「出去？妳要去哪裡？不方便說嗎？」

「我……我現在不方便跟你說話。」

她還沒開口，我就聽見「注意！注意，前方有闖紅燈超速照相，本路段限速……」的聲音，然後是「啪」的一聲，那是車用測速器被突然拔掉的聲音。

原來，她不只在車上，還在一部自小客車車上。

「妳……妳跟妳哥哥出去嗎？」我還傻傻地想替她找台階下。

「呃……我回去再打給你好嗎？」

「妳不在妳哥哥車上嗎？」

「我回去再打給你。」

我的心開始紊亂，聲音開始顫抖，眼前的焦距開始模糊，「妳……妳連告訴我妳在妳哥哥車上都說不出來嗎？」

她開始低聲哭泣，汽車行駛中的風切聲漸漸消失，不再從電話那頭傳來。然後我聽見開門的聲音，過了幾秒鐘，門被關上。很顯然地，開車的人已經下車了，而她仍然在車上。

「好……」我開始不停地深呼吸，「妳，要不要，把事情，告訴我？」每一個逗號，就是我的一次深呼吸。

「……」她沒說話，只是不停地哭泣。

「妳別哭啊。哭怎麼解決問題呢？」

「我……」

「我們之間有什麼問題嗎？妳要不要現在說？」

「……」她又沒說話，哭聲愈來愈明顯，我感覺得到，她已經快控制不住她的眼淚。

「還是，妳要不要請他載妳回來，我們，好好地，談一談？」我說這句話的時候，自己都忍不住鼻酸，因爲我竟然那麼沒有尊嚴地，要一個不知道何許人也的男人，把我的女朋友載回我身邊。「我們談完了，妳要走也不遲，至少讓我知道我的死因吧。」我已經把所有尊嚴都踏在自己腳底了。

「子雲……對不起……」她很努力地說出這五個讓我心碎的字。

「我他媽的不要妳的對不起啦！」我的情緒徹底崩潰，開始大聲對著話筒叫喊，「我他媽的不要妳的對不起！妳聽到了沒有？聽到了沒有？」

當時，我坐在書桌前，書桌上的鏡子映出我滿臉通紅、雙眼佈滿深紅色血絲的臉。我從沒有看過自己那麼可怕的臉。我每深呼吸一次，鏡子裡的我就陪著我的身體起伏一次。

接下來，是好久好久的沉默。電話那頭，劉郁萍的哭聲沒有停過，而我的腦袋一片空白，我根本不知道我該說什麼。

不知道過了多久，我又聽到車門被開啓，然後關上的聲音，我知道那個載她走的男人回到了車上。

「子雲……」她說。

「嗯……」此時，我沒有任何氣力說什麼。

「我晚上回去再找你說，好嗎？」

「不用了，妳好好保重吧……希望，他能對妳好一點。」

說完，我掛了電話，呆坐在椅子上。鏡子裡的我看起來很無神，像是三魂七魄被拿走了，只剩下軀殼。

幾分鐘後，我打電話回到公司，向老闆報告，我下午可能沒辦法上班了。

老闆問我原因，我不敢說是女朋友跟別人跑了，我只是笑一笑，說我的報告被教授退件，今天再不趕出來，就會被當掉。

之後，我一共請了三天假，那三天我完全沒吃東西，我唯一有意識的時候，是我打電話給老闆請假，要他原諒我的不敬業。他在第二天時知道了我失常的原因，然後安慰我說，「這是人生的一部分」。他要我下星期再去上班，但也希望我在下星期能夠正常一點。

第三天的晚上，我跑到學校後山某處，那是我無意中發現的地方，我還替它取了一個名字，叫「雲深不知處」。

我在雲深不知處坐到天亮。忍了三天的眼淚瞬間潰堤的感覺，是一整盒面紙也擦不完的。我控制不住地回想起跟她在一起時的快樂、我寫給她的詩、我第一次親吻她的地方、她的家人們對我的欣賞、她父親的大嗓門，還有那杯烈到受不了的藥酒。

很多說過的話和做過的事，在瞬間都變成廢話和泡影的時候，那種感覺只有一個字：

「幹」。

邱吉在電話裡也是一直重複這個字。

他說，我眞的很値得同情，雖然他也跟我一樣在台中念書，只是他在台中的西邊，而我身在台中的東邊，但是，一樣都是一個人在這裡生活念書打拚，我遇到的可憐事偏偏就比他多。

「你眞的很衰耶。」之後，他取笑著我。但我從他的取笑當中，得到一種安慰的溫暖。

後來，我便開始寫東西，劉郁萍給我的痛，換來我無窮無盡的想法與靈感。

我在網路上申請了一個網路硬碟空間，第一篇偷偷發表在上頭的文章，就是在悼念我跟她之間的愛情。

〈雲深不知處的眼淚〉，是那篇文章的篇名。

寫完這篇文章之後，我才徹底地看透，關於那愛情的寂寞。

而天空，依然沒有爲我掉眼淚。

愛，本身就是寂寞的。

寂寞，再見

決定踏上旅途那天，我站在宿舍頂樓，
對著已經半斜的夕陽，說了一聲再見。
從那天開始，我要讓心去旅行，
雖然我無法離開工作陪它去，但我已經答應它，
決定放它一個長假。

畢竟，它累了好久了，從沒有休息過呢。

誰知它哪兒也沒去，它哪兒也沒去。
它只是走出我的身體，
然後轉過頭，怔怔地望著我，望著過去的時光。

我罵著它，怎麼不懂得放開啊？
但仔細地想一想，
我怎麼能怪它呢？
或許，只是或許，它就是和我一樣寂寞吧。

當你也寂寞，心也寂寞的時候，
那一段你與心對望的距離，
就是你旅行的終點了。

31

〈雲深不知處的眼淚〉

那原本以為早已穩固、難以動搖的愛情，原來早就已經搖搖欲墜了。所有相愛的過程，說穿了，也只是我一個人從頭到尾，躺在地獄裡作著身在天堂的夢而已。而妳振翅飛去的地方，並不在我們的生命藍圖裡。

到底，我們在哪一條愛情的岔路上走錯了方向呢？

我曾經帶妳來過的雲深不知處，原來它的星夜特別地璀璨，而我卻粗心地，總在它的華麗優雅上演之前，就匆匆帶妳離開。我輕輕地用指尖觸碰著在天空角落的那幾顆星，卻惹來了一身寂寞的流瀉，夜裡吹來的風好淒涼。

而妳，已經不在了。

我好像是個不那麼負責的戀人吧，所以妳才選擇了離開。我從未把心中已經築起的那個世界端到妳的面前，讓妳欣賞，並像個解說員一樣，仔仔細細地告訴妳，這個世界會有多少妳的芬芳。當我用眼角的餘光搜尋到妳臉上的那一抹紅，而妳竟悄悄地轉頭靦腆微笑時，我便會輕柔地在妳的耳畔告訴妳：「這是我想送妳的幸福。」

但我做了嗎？對不起，我沒有。

若我真的做了，現在的妳，還依然在我身邊嗎？

若這是一種錯誤，那麼，我的錯誤，便像是一輛誤點的火車，在第一站就已經不夠準時，接下來的每一站也都將會遲到了。而妳曾經在哪個站等我呢？是不是我的誤點，使得妳收拾起一地的落寞，安靜地離開月台？

而……他……好嗎？我想問的是，他，對妳好嗎？

我想知道他是不是跟我類似的男孩子。我想知道他偶爾偷偷欣賞著妳的美麗的眼神是不是跟我很像。我想知道某些不經意的時刻，他是否會跟我一樣給妳很大的驚喜，而他這麼做只是想看見妳的快樂。

我想知道妳選擇的他是不是有我的影子。那麼至少我會比較開心，因為妳並不是因為他比我好。那麼至少我會比較放心，因為他至少會跟我一樣對妳好。

在那之後還沒有接過妳的電話，我就快要忘了妳那甜甜軟軟卻極有穿透力的聲音，或許妳也覺得不應該打吧，兩個人在電話裡，用沉默來哀悼彼此的痛苦與歉疚，有什麼必要性的意義嗎？還是妳有那麼點期待我會拍拍胸脯，用笑著的聲音告訴妳，「別擔心，我會好好的」嗎？

別傻了，我不是什麼所謂的愛情健將，我所受的傷並不會如科幻片一般瞬間就癒合。我只是一個整晚聽著張學友的〈慢慢〉，把自己的痛苦和著張學友的歌聲，一起蒸發在腦海裡的脆弱男子，在心裡吶喊著想吶喊的吶喊，在眼裡哭泣著想哭泣的哭泣。心碎了一地等待我去掃乾淨，而我只是蜷曲在不知名的角落舔舐著傷口，這時候我的無助顯得晶瑩剔透。

所以我用失去妳的悲傷，在雲深不知處埋葬我愛情的眼淚。曾經告訴過我害怕深夜裡太過安靜的寂寞的妳，送了一個叫作愛情的寂寞的禮物給我，而且，送得……安安靜靜的。

謝謝妳，我收下了，這份愛情的大禮。我想，這或許會是一種勳章，表揚著我曾經為了愛一個人而寂寞過。

只是，我依然躺在地獄裡，而那身在天堂的夢，已經醒了。

在那之後，租屋處的頂樓變成我一個人沉默地面對世界的地方。雲深不知處所埋葬的眼淚與傷痛太多了，我再也沒能鼓起勇氣上去。曾經，我跟她在那裡說過許多可以讓自己溫暖一輩子的話，許多看似承諾的決定，也一句一句地熨在心底，但在她一句「對不起」之後，什麼都成了過去式了。

跟她分手後的第三天夜裡，我才在雲深不知處哭出來。那三天對我來說，像是生命出現了斷層，儘管我再怎麼努力地回想，那三天我到底做了什麼，答案依然是一片空白，感覺像是我利用那三天的時間，暫時地離開世界。但是是什麼帶我走的呢？又帶我去了哪裡？我依然全無記憶。

我何時開始進食的？我也已經完全沒有印象了。

我甚至什麼時候洗過澡了？什麼時候出過門了？什麼時候把換洗的衣服放到投幣式洗衣機了？什麼時候把廁所洗乾淨了？房東什麼時候來收過房租了？垃圾什麼時候倒過了？所有的事情，我完全沒有印象。

我像個行屍一樣，對任何事都沒有了知覺。我唯一記得的，就是當時如潮水般一波波堆疊的情緒，而這些情緒鮮有，這些情緒別人與我分享不得。

「啊，好深邃的寂寞啊。」我心裡如此吶喊著。

我在與謝蓓雲分手之後認識了寂寞，然後在與劉郁萍分手之後，了解了寂寞。

那之後所做的一切事情與動作，都有著寂寞的感覺與味道。

一個人去吃飯的時候，像是一個人在品嚐著寂寞；一群人去吃飯的時候，也像是你一個人在品嚐著寂寞。

一個人在家裡看電視的時候，像是一個人在欣賞著寂寞；一家人在家裡看電視的時候，也像是一個人在欣賞著寂寞。

於是，我初期的創作，感受大部分都是灰色的。那一篇篇的文章，整齊地排列在我的網路硬碟裡，看起來，就像是一個個被冰封起來的情緒。偶爾寫了幾篇比較開朗或開心的文章，事後看的感覺也只是自欺欺人而已。那幾篇文字的顏色，在一片灰當中，顯得格外刺眼。

而我，似乎得了寂寞恐懼症，黑夜的來襲是寂寞的催化劑，我連上線，在BBS與聊天室裡，尋找能夠稀釋我的寂寞的人，就算是說笑話也好，或是隨意聊聊也可以，只要能阻止我的寂寞像炸彈一樣地再爆炸，你要我做什麼去忘了寂寞都可以。

可是，寂寞忘不了。眞的忘不了。

我曾經在批踢踢BBS站上發表一篇文章，我假裝自己是一個上班族，身上總有著辦公室白色日光燈的牢騷味，我期待這樣的假裝帶給我一種保護，我可以不必擔心自己的身分曝光，這樣我便可以放心地去寫我的寂寞。

我寫道：

剛回到家，身上還裹著電影院裡歡樂的氣氛，奇怪的是，心情平靜得像沒有風吹過的湖水一樣。習慣性地點了一根菸，一個人坐在三人份的沙發上，眼前一瓶剛從冰箱裡拿出來的可樂，好像感覺到熱了，它開始換上水滴裝。

我喝了一口，那味道很像寂寞。

喝了第二口，那味道更像寂寞了。

再喝第三口，可樂還在我的嘴裡，我看了看瓶身，飲料成分和營養標示上並沒有寫著寂寞幾公克啊。

明天有個重要的稿件要交，我腦袋裡卻全都是稿件資料以外的東西。我甚至慶幸著公司還未上市上櫃，不然我或許會很市儈地擔心起自己今年的年終會不會少了那麼幾張配股。

之前在日記板裡看過一篇別人的日記，我總覺得日記是一種不記名的祕密。只是這祕密本身不是祕密的重點，重點在保有這個祕密的人。

他寫說，到餐館裡去，一個人吃飯，少了一個坐在對面的人，感覺很怪。而這時隔壁桌的客人或許正開心大笑地聊著天。

又如果選擇外帶，把那漸漸涼了的食物帶回家，會有誰在等待著嗎？

還是依然一個人咀嚼著寂寞呢？

如果都將是寂寞，那內用跟外帶有什麼差異呢？

我覺得他的立論點有些失準，畢竟寂寞不是因為選擇地點才會引發的疾病。

它總是靜靜地躺在你心裡，是你把它帶來帶去，不是它選擇像跟屁蟲一樣地一直跟著你。

曾經有個女孩跟我說，她的寂寞感像是一種週期病，每隔一陣子就會發作，而且一次比一次嚴重。那週期甚至比她的生理期更準確。若是兩個一起來，她會覺得世界像是被上帝關上了燈一樣黑暗。

而我曾經很愛她。

不過，分手後許久，我才發現她愛上我是因為寂寞，離開我也是。

但我總是很難分辨得出，到底一個人，不管是男人或女人，他（她）給你的那個擁抱，是出自對你的喜歡，還是出自他（她）心裡寂寞呢？

不夠聰明的人都要花很多時間才能看得清這些。偏偏這是沒有人能教導你，沒有書能查閱，甚至google也沒能搜尋得到的。

所以，你寂寞嗎？

如果也是，抽菸的人，請點上一根菸吧，讓我們一起燃燒寂寞。

如果你不抽菸，那安慰一下自己，因為寂寞等會兒會靜靜地，再躺回你心裡。

當時，這篇文章得到了一些迴響，躲藏在螢幕背後的我，很高興自己既能抒發寂寞，也能安全地掩飾自己的真實身分。我在螢幕前偷偷地笑著，菸灰缸上正在繚繞著白煙的三毫克大衛杜夫，正在替我燃燒寂寞。

愛情，也就從此之後，愛上寂寞了。

愛情的寂寞，似乎永遠都最沉重。

32

當我把整張用印表機列印好，準備給王小姐的〈雲深不知處的眼淚〉交給她時，她的表情是驚訝的。我大概可以了解那種驚訝，畢竟那已經是八年前的作品了，要保留下來還眞是不太容易的事。

「我沒想到你竟然還準備了這樣的資料。」她又開心又驚奇地說。

「我想你們大概會問到這個部分，所以昨晚特地把這份資料印出來，希望對這次的採訪有幫助。」

「眞是太謝謝你了。」

「別這麼說。」

「那我還想問，之後劉郁萍小姐就沒有再跟你見面了嗎？」

「不，其實我們還是必須見面的。」

「爲什麼？」

「沒多久之後，她跑到我夜間部的班級來找我，說要歸還我送給她的東西。」

「你送了她很多東西嗎？」

「其實也不多。只是一些很普通，很便宜的衣服，還有一只手錶和一條項鍊。」

「你拿回那些東西也沒用吧？衣服你又不能穿，手錶項鍊你也不能戴。你該不會又拿去送人吧？」

「妳說的對，那些東西，我確實是用不著。不過，如果她眞的把手錶跟項鍊還給我了，我也不會再送別人，這樣不太好。」我說。

「那，你有收下她歸還的東西嗎？」

「沒有。」我搖搖頭。

「她沒有堅持要還？」

「言下之意，王小姐曾經堅持要把東西還給已經分手的男朋友？」我偷笑著。

「是啊，我就不想留著嘛。劉郁萍小姐沒有堅持嗎？」

「不，她也沒有堅持，」我又搖搖頭，「因爲，我告訴她一句話。」

「什麼話？」

「我想要妳還的是我的心，妳還得了嗎？」

「難怪她不堅持了，這話太恐怖了。」

「恐怖？」我無法理解地看著王小姐，爲什麼她會用這個形容詞呢？

「是啊，恐怖啊。因爲這話會讓女孩子覺得，我就必須這樣欠你一輩子了。」

「這也是事實啊。」我點點頭，「愛情中互相虧欠的，本來就會欠一輩子。只是看你選擇用虧欠的心去面對這個人和這段感情，還是用感謝的心，去謝謝曾經跟你相愛、一起走過一段人生旅途的人。」

「原來如此，你說的很有道理。」

「嗯，道理大家都明白，只是要做到就比較難了。」

「後來還有聯絡嗎？」

「沒有。在我退伍一年之後，她結婚了。她透過當時最要好的朋友，也是她南投的同鄉打電話給我，但也不是要邀我去參加婚禮。」

「大概只是來告訴你這個訊息吧。」

「不，我知道她想要我的祝福。」我說。

聽到這裡，王小姐與魏先生互看了一眼。

這時我看了看天空，王小姐和魏先生同時站起身來，太陽已經漸漸地掛在西邊，隨時準備下班。他們兩位也伸了伸懶腰，疏通一下坐了太久的筋骨。

「這次的訪問，眞的不太像是訪問。」她把〈雲深不知處的眼淚〉放進包包裡，「我們好像是來聽故事，又好像是來跟一個作家聊天的。你之前有過這樣的訪問經驗嗎？」王小姐問我。

「如此深入地談論我的其中一部作品嗎？」

「嗯。」她點頭。

「沒有。通常都是一些罐頭問題，以及一些大家都想知道的事情。」

「你是說，類似為什麼會當作家、為什麼會走上這一途、突然間出名了有什麼感受點點點之類的嗎？」

她還在舉例的時候，我已經點頭如搗蒜地稱是了。

「呵呵呵，那只是記者的工作，會有這樣的問題也是無可厚非的。」

「怎麼說呢？」

「因為我們都不是作家呀！我們怎麼知道作家的感受呢？就像你不是記者，你怎麼知道記者的感受呢？」

「我也不是作家，我只是一個普通的創作人而已。」我笑著糾正她對我的稱呼。

「那我們也不是創作人啊，我們不明白創作人的感受。」

「嗯，我了解妳的意思。」

「還好今天總編要我們直接而深入地跟你討論《寂寞之歌》，不然，我們也可能會出現很多你所謂的罐頭問題。」她哈哈笑著。

「其實我已經習慣罐頭問題了，我比較不習慣的，倒是妳今天跟我聊的話題。」

「太陌生了嗎？」

「是啊。沒有記者跟我這樣聊過。」

這時，在一旁的魏先生指了指他自己，「我也有陪你聊。」他瞇著眼睛笑著說。

「對對對，你也有陪我聊。」

「通常攝影記者拍完需要的照片就會離開了，但是……」他拍了拍我的肩膀，「你的故事眞的很吸引人，所以我坐下來，聽到現在。」

「謝謝。我的故事其實不吸引人，只是跟你們的故事不一樣，所以引起你們的好奇而已。其實每個人都有故事，今天換作是你在說故事，我也會覺得吸引人。」

「嗯，好像有道理。」魏先生點點頭。

「那麼，聽完我的故事，你們覺得有什麼地方是比較難忘的嗎？」我看了看他們兩位。

「你的朋友阿不拉，還有你的父母。」魏先生說。

「妳覺得呢？王小姐。」

「你的劉郁萍，還有你的爸媽。」她說完又搖搖手，「但其實你今天所說的每一段故事都很難忘，我眞的很難從這當中去找出比較難忘的。」

「其實我也有同樣的感覺。」魏先生看了王小姐一眼，也點頭表示贊同。

「謝謝你們，有人有興趣聽我的故事，我覺得很開心。」

「你畢竟是個比較會製造故事的人。」

「或許吧。我喜歡被人當作是故事，或是告訴別人一些故事。」

「那，報導見刊之後，我該把雜誌寄到哪裡給你？」王小姐又拿出紙筆，要我寫上一個可以收到雜誌的地址。

「就寄到橙色九月吧，那是我的咖啡館，我偶爾會到那裡去。」

「那麼，地址呢？」

「高雄市苓雅區中正二路五十六巷四號。」我一邊唸著，一邊把地址寫給她。

「最後，我想再請教你一個問題，吳先生。」王小姐接過寫有橙色九月地址的名片。

「請說。」

「你今天說了你父母親的寂寞、你朋友的寂寞，還有你的寂寞，我記得你在訪問一開始的時候，你說你寫這本書，是因爲『更上一層樓的寂寞』，那麼，什麼是『更上一層樓的寂寞』呢？」

聽了這個問題之後，我低下頭，思考了一會兒，然後抬起頭，對著王小姐笑了一笑。

「當我決定把寂寞與人分享，卻發現寂寞是無法分享的時候，那份寂寞，便更上一層樓了。」

王小姐看了看我，先是愣了一下，然後她抿了抿嘴，對我點點頭說：「原來……《寂寞之歌》，就是你更上一層樓的寂寞啊……」

我笑著點點頭，他們揮揮手之後轉頭離去，我站在原地目送他們離開，也目送高雄的黃昏。

寂寞之歌，在每個人心中，都不停地重複著。

【全文完】

國家圖書館出版品預行編目資料

寂寞之歌／藤井樹著.一初版一
台北市；商周出版；
家庭傳媒城邦分公司發行；2006 [民95]
面　　公分. --（網路小說；88）

ISBN 978-986-124-744-1（平裝）

857.7　　　　　　　　95017316

寂寞之歌

作　　者／藤井樹
責任編輯／楊如玉

發 行 人／何飛鵬
法律顧問／台英國際商務法律事務所　羅明通律師
出　　版／商周出版
台北市 104 民生東路二段 141 號 9 樓
電話：(02) 25007008　傳真：(02) 25007759
E-mail：bwp.service@cite.com.tw
發　　行／英屬蓋曼群島商家庭傳媒股份有限公司城邦分公司
台北市 104 民生東路二段 141 號 2 樓
書虫客服服務專線：(02) 25007718・(02) 25007719
24 小時傳真服務：(02) 25001990・(02) 25001991
服務時間：週一至週五09:30-12:00・13:30-17:00
郵撥帳號：19863813　戶名：書虫股份有限公司
讀者服務信箱E-mail：service@readingclub.com.tw
歡迎光臨城邦讀書花園 網址：www.cite.com.tw
香港發行所／城邦（香港）出版集團有限公司
地址：香港灣仔軒尼詩道 235 號 3 樓
Email：hkcite@biznetvigator.com
電話：(852)25086231　傳真：(852) 25789337
馬新發行所／城邦（馬新）出版集團
Cite(M)Sdn. Bhd.(458372U)11, Jalan 30D/146, Desa Tasik,
Sungai Besi, 57000 Kuala Lumpur, Malaysia.
電話：(603)90563833　傳真：(603)90562833
E-mail : citecite@streamyx.com

版型設計／小題大作
封面設刷／斐類設計
印　　刷／高典印刷有限公司
總 經 銷／農學社
電話：(02)29178002　傳真：(02)29156275

■ 2006 年（民 95）9 月 25 日初版　　Printed in Taiwan
■ 2018 年（民 107）2 月 23 日初版116刷

定價／180元

ISBN　978-986-124-744-1

廣　告　回　函
北區郵政管理登記證
台北廣字第 000791 號
郵資已付，免貼郵票

104 台北市民生東路二段 141 號 2 樓

英屬蓋曼群島商家庭傳媒股份有限公司　城邦分公司

請沿虛線對摺，謝謝！

書號： BX4088	書名： 寂寞之歌	編碼：

讀者回函卡

謝謝您購買我們出版的書籍！請費心填寫此回函卡，我們將不定期寄上城邦集團最新的出版訊息。

姓名：＿＿＿＿＿＿＿＿＿＿＿＿＿＿＿＿

性別：□男　□女

生日：西元＿＿＿＿＿＿　月＿＿＿＿＿＿　日＿＿＿＿＿＿

地址：＿＿＿＿＿＿＿＿＿＿＿＿＿＿＿＿

聯絡電話：＿＿＿＿＿＿＿＿＿＿　傳真：＿＿＿＿＿＿＿＿＿＿

E-mail：＿＿＿＿＿＿＿＿＿＿＿＿＿＿＿＿

職業：□1.學生 □2.軍公教 □3.服務 □4.金融 □5.製造 □6.資訊
□7.傳播 □8.自由業 □9.農漁牧 □10.家管 □11.退休
□12.其他＿＿＿＿＿＿＿＿

您從何種方式得知本書消息?

□1.書店□2.網路□3.報紙□4.雜誌□5.廣播 □6.電視 □7.親友推薦
□8.其他＿＿＿＿＿＿＿＿

您通常以何種方式購書?

□1.書店□2.網路□3.傳真訂購□4.郵局劃撥 □5.其他＿＿＿＿＿＿

您喜歡閱讀哪些類別的書籍?

□1.財經商業□2.自然科學 □3.歷史□4.法律□5.文學□6.休閒旅遊
□7.小說□8.人物傳記□9.生活、勵志□10.其他＿＿＿＿＿＿

對我們的建議：

＿＿＿＿＿＿＿＿＿＿＿＿＿＿＿＿

＿＿＿＿＿＿＿＿＿＿＿＿＿＿＿＿

＿＿＿＿＿＿＿＿＿＿＿＿＿＿＿＿

＿＿＿＿＿＿＿＿＿＿＿＿＿＿＿＿